魔法学校の落ちこぼれ 6

A L P H A L I G H T

梨香

Rika

アルファライト文庫

主な登場人物
Main Characters
ウィニー
伝説の魔法使いアシュレイが遺した卵から生まれた風の魔竜。フィンに育てられる。
マドリン
南の島に暮らす呪術師の孫。海賊に捕まっていたところを、シラス王国軍に救出される。
ルーベンス
シラス王国唯一の上級魔法使い。普段は魔法学校を見下ろす塔で暮らし、たまに吟遊詩人に扮して各地を放浪する。
フィン
本編の主人公。辺境の貧しい農村に住むチビ少年。魔法学校で少しずつ才能を開花させる。

グレンジャー
シラス王国の海を護る
騎士団の団長。
言動は軽薄だが切れ者。
ゲーリック
カザフ王国の怪しい魔法使い。
禁じられた呪に手を出し、
精神を蝕まれている。
ファビアン
フィンの村を治める領主の嫡男。
騎士を志し努力を重ねる。
魔法学校では自治会長。
フローレンス
ルーベンスの一族の娘で、
魔法学校初等科の生徒。
フィンに思いを寄せている。

一　戦火の祖国

大陸の東南に位置するシラス王国は、領土は大きくないが良港を有している。三百年前、その良港を欲する連合王国に攻められ、存亡の危機に立たされた。そこにアシュレイという偉大な魔法使いが現れ、連合王国を退け、国境線に防衛魔法を掛けた後、二度と侵略されないようにと、弟子達にその維持を託したのである。

現在のシラス王国の守護魔法使いルーベンスは、アシュレイの最後の弟子であるトラビス師から防衛魔法を引き継いで、百年以上もシラス王国の平和を護ってきた。しかし、ついにその平和が崩された！　強大な隣国カザフ王国に攻め込まれたのだ。

丁度カザフ王国の王都ロイマールに潜入していたルーベンスとその弟子フィンは、戦争勃発の知らせに、急いで帰国することになった。

二人は今、ある極秘情報を掴んでいた。カザフ王国のフレデリック王は病に倒れ、手下の魔法使いゲーリックの掛けた呪によって、意識のないまま生かされているという。呪を解くべく、王宮に侵入してゲーリックに単身戦いを挑んだフィン。しかし、以前とは比べ物にならない魔力で軽くいなされてしまう。その敗北による屈辱はフィンの心に影を落としたが、今はそれどころではなかった。

「皆、無事でいて！」

胸がチリチリと痛む。

戦争勃発というニュースは、王都ロイマールにも衝撃を与えた。どうやら第三王子カイルが病床に伏したフレデリック王の後継者に名乗り出て、王の承認なしにシラス王国に戦争を仕掛けたらしい。その噂はあっという間に広まった。

イザベラ王妃が産んだ第四王子オットーを推す勢力や、野心家の第一王子ルードの支持者などの小競り合いがロイマールの闇をより濃くしていた。

戒厳令が布かれたロイマールから、バルト王国の馬喰に紛れて脱出したフィンとルーベンスは、一刻も早く戦争中の祖国に帰ろうと、カザフ王国の東海岸を目指した。

フィンは、風の魔竜ウィニーの体の一部だった孵角をグッと握りしめてその名を呼び続け、シラス王国の西で待機していたウィニーと、どうにか連絡を取った。

戦争が始まってから四日目の夜明け、カザフ王国の海岸でウィニーに飛び乗ったフィンとルーベンスは、一路シラス王国を目指す。

『ウィニー！　急いで！』

シラス王国から夜通し飛んできてくれたウィニーが疲れているのはわかっているが、フィンは一刻も早く帰国したい気持ちから、つい急かしてしまう。

魔法学校の友達や同級生、そして卒業して騎士団付きの魔法使いになった先輩達の安否が気になっていたのだ。

「フィン、ウィニーに無理をさせないように……」

そう注意したルーベンスも、自分が百年以上も守護してきた祖国がカザフ王国に侵略されていると思うと、いても立ってもいられない。

『フィン、私なら大丈夫！　ファビアンも、早くルーベンスを連れて帰ってくれと頼んでいたよ』

風の魔法体系のウィニーは、羽根の力だけで飛んでいるのではない。フィンには風が洪水のように後ろに流れていく様子が見えた。

二人と一頭は、シラス王国に向かってぐんぐんと進んでいく。

『ありがとう！　でも、本当に無理しないでね』

かなりの距離を飛び、少し気持ちに余裕が出てきたフィンは、ウィニーの疲労と共に、昨日も一睡もしていない師匠の体調が気になり出した。

「師匠、どこかで休みましょうか？」

「いや、早く帰国したい！」

フィンだって気持ちは同じだ。しかし、ルーベンスの健康も重要なことである。

『ウィニー、あとどのくらいでシラス王国に着きそう？』

フィンはウィニーに、どの程度まで近づいているのか質問した。まだまだ時間が掛かるようなら、ルーベンスを休ませたいと考えたのだ。

『あと数時間で着くよ。ここからは海の上を飛ぶつもりだから、シラス王国に着くまで休憩はできないよ』

カザフ王国との国境には、三百年前の大戦後にアシュレイが掛けた防衛魔法が高く聳え立っている。それを避けるために、ウィニーは海を回って帰国するのだ。

「そうかぁ、竜にも防衛魔法は通り抜けられないんだね。やっぱり海に防衛魔法がないのが、狙われたな！　師匠、帰国したら、海に防衛魔法を掛けなきゃ！」

ルーベンスは、どの程度の被害が出たのか考え込んでいたが、フィンの言葉に頷く。

「そうじゃ！　バルト王国で習得した水の魔法陣を応用して、防衛魔法を掛けよう」

ウィニーは二人の会話を聞いて、より一層スピードを上げた。フィンと共に育ったウィニーには、シラス王国に多くの友人がいる。彼らを護るためにはフィン達の力が必要なのだと理解していた。

『さぁ、しっかりと掴まっていて！』

ウィニーがかなり和らげてくれていたが、それでもフィンの顔にビュンビュンと風が当たる。目を開けているのも難しいほどの風圧に、フィンはしっかりと鞍を握った。

そのまましばらく飛んでいると、遠くの海上でカザフ王国の戦艦とシラス王国の戦艦が、交戦しているのが見えた。

『ウィニー、あそこに近づいて！』

『わかった！』

猛スピードで飛んでいたウィニーが、急に速度を落とし、海面の近くへ降りていく。物思いに耽っていたルーベンスは、突然のことに驚いた。

「フィン、何をするつもりだ！」

そう言いながらも前方に目を向け、交戦中の戦艦に気づく。

「行きがけの駄賃という訳か！　良かろう！」

守護魔法使いの侵略者への怒りに火がついた。戦艦に気づいたのはフィンの方が早かったが、ルーベンスがすぐさま炎の矢を放ち、カザフ王国の戦艦の帆を燃え上がらせる。

「師匠……俺の方が先に見つけたのに……さぁ、ウィニー、シラス王国に帰ろう！」

ウィニーはまたスピードを上げ、戦艦の上を通り過ぎていく。

シラス王国の戦艦から、上空のウィニーに向けて歓声が上がった。

二　守護魔法使いの帰還

アシュレイがカザフ王国との国境線に掛けた防衛魔法を避けて、海からシラス王国に帰国したルーベンスとフィンは、取り敢えず被害状況を調べたいと考えた。

『ウィニー、ウェストン騎士団はミンスにいるの？』

カザフ王国との国境線を守っているウェストン騎士団の普段の駐屯地は、ロイマールへの街道がある内陸のミンスだ。しかし、今回の侵略は海からだったので、駐屯地を移動している可能性もある。

『ミンスにもいるけど、海の近くのベントレーに結構な数が移動したよ。ファビアンとパックも一緒だね』

ベントレーはその名の通り、パックの実家であるベントレー一族の治める地だ。そこにウェストン騎士団が駐屯していると聞いて、フィンは少し安心した。

パックの一族には火の魔法体系を得意とする魔法使いが多いため戦力はあるが、それでも海に近いのでずっと心配していたのだ。ウェストン騎士団がいるなら、攻撃を受けても撃退できるだろう。

『じゃあ、ベントレーに行って！』

ルーベンスも早くウェストン騎士団と合流し、被害状況や、カザフ王国の侵略がどの程度なのか知りたかったので無言で頷いた。

ウィニーとベントレーへ向かう間、フィンとルーベンスはカザフ王国の侵略の爪痕を空からいくつも目にした。本来なら黄金に色づき始めた小麦畑が広がっているはずの大地が、黒く焼け焦げている。

「なんて奴らだ！　畑に火をつけるだなんて！」

農家出身のフィンには、一年の収穫が無に帰した農民達の悲しみと苦労が痛いほどわかる。勿論、守護魔法使いのルーベンスも怒りの炎を目に灯していた。

「フィン、侵略されるとはどういうことなのか、心に留めておきなさい。そして、二度と許してはいけないのだ」

空から見えたのは焼けた畑や家などだが、そこには人が住んでいたのだ。人間だけが無事で済まされるわけがない。フィンの瞼の裏に、逃げ惑う人々の姿が浮かぶ。そして、その人々に振り下ろされる、カザフ王国の兵士達の刀も。

「絶対に、二度と侵略などさせません！」

フィンがルーベンスの跡を継いで守護魔法使いになる決意を固めたのは、自国の危機を目の当たりにしたこの時かもしれない。

「そうだ！　そして、今すぐカザフ王国の兵士を我が国から追い出すのだ！」

ウィニーは二人の会話を聞きながら、ベントレーへ急いだ。大好きなフィンが激しい怒りと深い悲しみを抱えているのが、胸に響いたからだ。


ウィニーが向かっているベントレーは、いつもは穏やかな港町だ。だが今はウェストン騎士団が駐屯して、ごった返している。その上、カザフ王国が侵入した土地からの避難民や負傷者なども受け入れているので、領民総出で各々の役目を果たしていた。

領主の次男であるパックも、風の雛竜ゼファーを肩に乗せて雑用に走り回っていた。

「なぁ、パック。ゼファーは竜舎に置いた方が良いんじゃないか？」

あちらこちらに走り回るパックに揺らされ、ゼファーは羽をパタパタとさせてバランスを取っている。見兼ねた兄のサイラスが、それではパックもゼファーも疲れるだろうと注意した。

「そうなんだけど……ゼファーが私から離れるのを嫌がるんだ。きっとチビ竜だけど戦争中だとわかっているんだよ」

夏休み前の試験の時は、ウィニーやグラウニーと一緒に、パックから離れて竜舎で過ごしていた。しかし、カザフ王国が侵略してきてからというもの、一瞬たりともパックの側を離れようとしなくなったのだ。

「そうか、チビなりにお前のことを心配しているのだろうな。とにかく、少しは休め！」

そう言う兄のサイラスも、今回の突然の侵略で疲れ切っていた。自分の領地を護るだけでなく、ウェストン騎士団の世話も多かったからだ。この数日、二人の目の下から黒いクマが消えない。

「私のことより、サイラス兄さんこそ……でも、カザフ王国の兵士を追い出すまでは、休んだりしている暇は無さそうですよね。……ゼファー？」

ゼファーが、パックの肩の上で突然『きゅるるるるん！』と大きな声で鳴いた。

『ゼファー？　何？』

『ウィニーが来た！　フィンとルーベンスも一緒だ！』

「ルーベンス様が帰国されたのか！　早くレスター団長に知らせなきゃいけないな」

サイラスも守護魔法使いがいないのを不安に思っていたので、パッと顔を明るくさせた。

パックは早速、サイラスに後のことを頼む。

「私はフィンとウィニーを出迎えます。きっとウィニーは疲れているだろうから」

「そうだな！　恐らくフィンは団長達との軍議に参加しなくてはいけないだろう。ファビアンがキャリガン王太子をお連れしたら、すぐに始まるはずだ。ウィニーの世話はお前がしてやりなさい」

ベントレーには、土の魔竜グラウニーとそのパートナーのファビアンもいたが、竜の機動力を生かして連絡係になっている。昨夜、ウィニーが飛び立った後、ファビアンは王都サリヴァンへキャリガン王太子を迎えに行っていた。

「わかっています。竜の面倒は私がきちんと見ますよ」

竜の世話をパックに任せて、サイラスはウェストン騎士団のレスター団長に、ルーベンスの帰国を知らせに走った。

西部沿岸にカザフ王国の侵入を許し、そしてその撃退に苦慮しているレスター団長は、海を護るサザンイーストン騎士団との連携が上手くいっていない現状に苛立っていた。

カザフ王国の部隊への本国からの補給や奇襲を防ぐために、海岸線の封じ込めを求めていたのだが、王都を護るのに手一杯で、そんな余分な艦はないと断られたのだ。

机の上に広げた地図に書き込まれた、カザフ王国の侵入跡と被害状況を眺めて、レスターはどこから対処するべきなのか悩んでいた。

「海岸線の警戒も怠れないし、今、侵入しているカザフ王国の兵も撃退しなくてはならない。周辺の貴族や住民を集めた義勇軍にも協力して欲しいのだが……」

ベントレー近くの貴族は自分の領地を護ることには積極的だが、他の土地に自分の領民で作った義勇軍を貸し出すのを渋っていた。

彼らに頼んでも、「他所の土地を護っている間に、我が領地に敵兵が攻め込んで来たらどうなるのだ！」と言われてしまう。

義勇兵も自分の家族を護りたいのが本音なので、上層部を説得してこちらに来てくれそうな者はいない。侵入されていない東部や北部の義勇兵が来てくれれば内陸はどうにかなるが、船を出せる訳ではない。やはりサザンイーストン騎士団が海上封鎖に非協力的なのが痛い。レスター団長は怒りのあまり、拳を地図に打ち付けた。

「こんな時にルーベンス様がいらしてくださったら……」

あの気障なグレンジャー団長を言い負かすことができない自分の不甲斐なさに、レスター団長が大きな溜め息をついた時、サイラスが守護魔法使いの帰還を知らせに来た。

「ウィニーがルーベンス様とフィン君を連れて帰ってきます。パックのゼファーがそう教えてくれました」

カザフ王国の侵入から激務続きで心身共に疲れていたレスター団長だったが、その知らせを聞いて、十代の若者のような素早さで庭まで駆けて行った。

ベントレーの領主館は、サリヴァンで贅沢三昧している貴族のもののような豪華な造りではなく、昔ながらの無骨な防衛拠点としての役割に特化していた。

普段の生活には不便な堀や、吊橋なども今回は大活躍しており、日頃は無用な広い屋敷や納屋も、村人や近隣の負傷人などの受け入れに使われていた。勿論、そこにウェストン騎士団も駐屯している。

堀の内側には、騎士団が整列できるほど大きい庭がある。ウィニーはその真ん中に舞い降りた。

「ルーベンス様！」

レスター団長と共に、ベントレー卿も庭に駆けつける。

「カザフ王国の侵入はどうなっておる！」

ウィニーから飛び降りながら、ルーベンスが吠えた。

「あちらで説明いたします」と答えたレスター団長とベントレー卿に続いて、ルーベンスは屋敷内に消えた。

守護魔法使いの帰還に、ウェストン騎士団や義勇兵達から歓声が上がった。

三　ベントレー屋敷で

師匠が屋敷に入っていくのを見届けたフィンは、ウィニーから降りて鞍を外してやる。

『無理させたね。疲れただろう』

『きゅるるるるるん』

甘えて頭を押し付けてくるウィニーを撫でていると、親友のパックが飛びついて来た。

「フィン！」

ゼファーを肩に乗せたパックの無事な姿に、フィンはホッと胸を撫で下ろす。ウェストン騎士団が駐屯していると聞いていたので、大丈夫だろうとは思っていたが、やはり実際に見るまでは心配だったのだ。

「良かった！　ロイマールで戦争が勃発したと聞いた時から心配していたんだよ。でも、目のクマ凄いね」

そう言われてパックは苦笑いする。鏡を見る暇もないので、自分では気づけないのだ。

「フィン、こちらが兄のサイラス」

兄のサイラスを紹介するが、その顔のクマを見て、自分も酷い有り様なんだろうなぁと肩を竦めた。

パックによく似た赤毛のサイラスに、フィンは微笑んで手を差し出す。

「パックには入学した時からお世話になっています」

上級魔法使いの弟子と握手しながら、サイラスはこれで何もかも大丈夫！　という安心感がこみ上げてきた。

「ウィニーの世話はパックに任せて、フィン君はルーベンス様のお側に行った方が良い」

「そうだよ！　ウィニーの世話はちゃんとするから、フィンはルーベンス様の側に行って」

二人は、父親のベントレー卿から、ウェストン騎士団とサザンイーストン騎士団の連携が上手くいっていないのを聞いていた。これから軍略会議が開かれるなら、上級魔法使いの弟子であるフィンもその場に同席するべきだと思ったのだ。

「じゃあパック、鞍を外した場所にブラシを掛けてやってね。それと……こんな時になんだけど、何か食べる物はない？　俺も師匠もあまり食べていないいんだ」

帰国を急いでいたので、バルト王国の馬喰達と別れてからは、持っていたパンぐらいしか食べていなかった。親友の顔を見た途端、お腹が鳴ってフィンは空腹を思い出した。

「それは大変だったね！　ブラシ掛けは私がするから、兄さんはフィンに何か食べさせてやって」

祖国の危機なのに、腹が減ったなんて呑気だと思われないかとフィンは及び腰だったが、サイラスは快く台所まで案内した。ベントレーがウェストン騎士団の駐屯地になってから、騎士団や避難民に食事を提供していたので、すっかり慣れっこだったのだ。

「フィン！」

台所に入ったフィンに、見知った少女が声を掛けた。パックの妹のルーシーだ。

中央の貴族の娘は台所仕事などしないが、地方貴族の娘であるルーシーは、戦時下というのもあって駆り出されていた。

「ルーシー、手伝っているんだね」

ルーシーはエプロン姿なのを少し恥ずかしく思いかけたが、フィンはそんなことを気にしないだろうと開き直って笑った。

「フィン君に何か食べさせてやってくれ」

「あっ、師匠にも何か食べさせないといけないんだよ。戦争勃発の知らせを聞いてから、全く食べ物を口にしていないんだ。本当は酒なんか飲ませたくないけど、今はワインとチーズだけでも口にしてもらわないと……」

サイラスは、上級魔法使いの健康も大事だと頷き、召使いにワインやチーズなどを運ばせる。

フィンは台所の横の大きな長テーブルで、ルーシーにシチューとパンを食べさせてもらった。

「すごくお腹が空いていたのね。シチューのお代わりを持って来るわ」

ものも言わず一杯目のシチューを食べ終えたフィンに、ルーシーは呆れながらもお代わりをついでやる。

「ありがとう！　師匠も空腹だと思うんだけど、今は食べるどころの気分じゃないかも。でも、ちゃんと食べないといけないんだ」

フィンだってカザフ王国が攻め込んで来たのに驚き、憤りを感じている。しかし、ルーベンスがまともに食べず、寝てもいないのが心配でならない。

「ワインとチーズとパンを持っていかせたから、きっとどれかは召し上がっているわ」

「ワインは飲むかもしれないけど、注意しなきゃ食べ物は口にしないんだ。ご馳走さま、美味しかったよ」

素早く空腹を満たしたフィンは、ルーベンスに少しでも食べさせなきゃと立ち上がった。

「ルーシー、何か困ったことがあったら言ってね。俺にできることなら、手伝うから！」

ウェストン騎士団に領民、避難民などの食事を用意するのは大変だろうと、フィンはルーシーを労った。

「大丈夫！　それより、カザフ王国の奴らをさっさと追い出して！」

「そうだね！」

空から見た焼け焦げた畑を思い出し、フィンはルーベンスのもとへ向かった。

「ルーベンス様はこちらですか？」

いつもは領主の部屋として使われているんだろうなと思いながら、フィンはある部屋の扉の前に立っている騎士に尋ねた。

「そうです」

厳しい顔の騎士を見て、一瞬、部屋に入れてくれないかもとフィンは思ったが、スッと扉を開けてくれた。どうやら、上級魔法使いの弟子として顔が知られてきているようだ。

窓の側に置いてある、大きな机の上に広げられた地図をルーベンス、レスター団長、ベントレー卿の三人が覗き込んでいた。

椅子にはルーベンスが座り、両脇にレスター団長とベントレー卿が立って説明している。

フィンは部屋の中を見回して、サイラスが召使いに運ばせた銀のお盆が、サイドテーブルに手つかずのまま放置されているのに気づいて、溜め息をつく。

「やっぱり、何も口にしていないんですね」

フィンは、話し合いに割り込んで銀のお盆を地図の上に置いた。

「何をするのじゃ！」

カザフ王国の侵入状況を聞いていたルーベンスがフィンを叱りつける。上級魔法使いの怒りの籠もった視線に、中級魔法使いでもあるベントレー卿は、グッと息が苦しくなった。

「戦況の把握も大事ですが、今は少しでも食べ物を口にしてください。師匠が倒れでもしたら、防衛魔法は維持できなくなるのですよ」

レスター団長は、重要な話し合いを銀のお盆で邪魔され腹を立てていたが、防衛魔法を維持できなくなると聞いて青ざめた。

「ルーベンス様、どうかお食べになってください！　海からの襲撃だけでも被害が甚大なのに、防衛魔法が消滅したら、シラス王国は滅亡してしまいます」

腹立たしい弟子を睨みつけていたルーベンスは、厳ついレスター団長に涙目で懇願されて、その鬱陶しさに負けた。

「お前という奴は……いつか沼の蛙に変えてやるからな！」

怒りながらも、ルーベンスがワインを飲み、チーズをほんの少しだけでも口にしたので、フィンはホッとする。

「沼の蛙になっても、俺は俺なんじゃないんですか？　姿変えの魔法を教えてくれた時に、本質は変わらないと言っていたじゃないですか？」

ワインを一気に飲み干したルーベンスは「ふん！」と鼻で笑った。

「まだまだお前の知らぬ魔法があるのじゃ。お前に教えたのは姿変えの魔法の初歩の初歩じゃ！」

「ええっ！　マジで？」

弟子の鼻をあかして、満足げにワインをもう一杯飲み干したルーベンスに、ベントレー卿は大人気ないと呆れながらも、やっと普段の余裕のある上級魔法使いに戻ったと安堵した。

「もう結構じゃ。フィン、下げなさい」

フィンとしてはもう少しチーズやクラッカーなどを食べて欲しかったが、これ以上は無理だと諦めて、地図の上から銀のお盆をどけてサイドテーブルに戻す。

「では、とんだ邪魔が入ったが、騎士団長、被害状況を説明してくれ。フィン、お前もそこで聞いておきなさい」

広げられた地図には、青いインクでカザフ王国の侵入箇所が示されていた。フィンは、想像以上に大規模な侵略だったのだと拳を握りしめる。

「海から入った後は、やはり川沿いに北上したのか？」

「ええ、カイル王子が派遣されていた旧ペイサンヌ王国の兵は船を操るのが得意ですからね。それと、海賊どもの略奪も横行しています」

ルーベンスが指差した先にはマーベリック城があった。

マーベリック城にカザフ王国の兵が迫っていると聞いて、フィンは気が気でない。そこにはフィンにとって大事な少女──フローレンスがいるのだ。

「師匠、マーベリック城は……！」

ルーベンスの青い眼に「黙っていろ！」と睨まれて、フィンは口を閉ざす。

「思ったよりも深く侵略されておるな！　じゃが、このままでは済まさぬぞ」

守護魔法使いの宣言を、レスター団長とベントレー卿は心強く感じた。

四　軍略会議の前に

　レスター団長は、地図上のタドリス河を指揮棒で示しながら、カザフ王国の侵入経路を辿っていく。タドリス河は西部地域の大河であり、流通の要となっている。

「マーベリック城にはまだ到達していませんが、カザフ王国がここを拠点にしようとしているのは明らかです。ウェストン騎士団が、地元の義勇軍と協力して城の手前で防衛していますが、海岸線の警戒も必要なので、はっきり言って人員不足です」

　ベントレー卿は、海岸線のパトロールを重要視していた。カザフ王国の兵だけでなく、この戦争に便乗した海賊の略奪も頻発していたので、本音を言えばマーベリック城の攻防戦に人員を割きたくない。

「東から兵が到着してからにしないと海岸線の警備が手薄になってしまいます」

　ベントレー卿の発言をレスター団長はきっぱりと退ける。

「ですが、マーベリック城を占拠されたら、交通の要所を押さえられてしまい、西部一帯をカザフ王国に支配される危険があります。侵入した敵を素早く撃退するためには、拠点の占拠を許してはなりません」

　脇で聞いているフィンは、この前マーベリック城で会ったばかりのフローレンスが心配で、気もそぞろになる。ルーシーのように台所を手伝っているぐらいならまだ安心だけど、ひょっとしたら負傷者の治療で魔力を使い過ぎて倒れているかもしれない……と妄想を暴走させる。

「師匠、俺はこれからマーベリック城に行ってきます！」

「馬鹿者！　マーベリック城はそんなに容易く陥ちたりはしない。それより、キャリガン王太子が来られたら軍略会議が開かれるに決まっている。それまでに、どのような状況なのかしっかりと把握しておくのが大切だ」

　レスター団長とベントレー卿の考えを聞いた上で、上級魔法使いとして一番優先するべきことを選択しなくてはならないのだ。

　フィンは深呼吸して、敵に攻められているマーベリック城の幻影を頭から消し去った。ルーベンスだって自分の実家を心配していない訳がないのに、平静にレスター騎士団長から状況の報告を受けているのだ。自分がとり乱すわけにはいかない。

「さて、内陸部まで侵略されているのは、タドリス河流域のみなのだな。後は、海岸で防衛しているのか？」

　ルーベンスの質問に、二人は渋い顔をする。

「防衛できている所と、既に占拠されている場所とがあります。この地図でも何回も書きうのです」

直していますが、占拠されている箇所にこちらが援軍を派遣すると、海へ逃げられてしま

レスター団長は、辛うじて冷静な口調を保っていたが、ベントレー卿は顔を真っ赤にして、これまでの不満をぶつけた。

「略奪し尽くしては海へ逃げ、そしてまた他の海岸を襲うのです！　我々は何度もサザンイーストン騎士団に海上封鎖を懇願したのですが、軍艦が足りないと拒否されました！」

レスター団長は、他の騎士団への非難になるので口にしなかったが、被害を受けている地区の領主であるベントレー卿は、容赦しなかった。

「サザンイーストン騎士団は、まだ攻撃もされていない王都サリヴァンの防衛を重視しているのですよ！　戦場は西部なのに！」

「ベントレー卿、被害を受けているそなたが怒るのは無理もないが、会議ではそういった発言は控えて欲しい。サザンイーストン騎士団の協力を取り付けなければ、カザフ王国の侵略は止められないのだぞ」

ルーベンスは、曲者のサザンイーストン騎士団のグレンジャー団長との軍略会議の前に、ベントレー卿に釘を刺しておく。

「それはわかっているのですが……」

ベントレー卿は、グッと拳を握りしめる。

ルーベンスには、王都の貴族達が大騒ぎしてサザンイーストン騎士団を引き留めている様子が目に浮かんだ。

大方「そなた達がいなくなったら、王都サリヴァンは誰が護るのだ！」などと言って泣きついているに違いない。

ヒラヒラしたレースの袖を振り回して、王宮に押し掛け、自分の屋敷と財産を護ってくれと騒ぎ立てているだろう愚かな貴族達を思うと、ルーベンスは吐き気がしそうになる。

「キャリガン王太子とグレンジャー騎士団長を迎えて軍略会議を開くとなれば、冷静さを保たなければ相手の思う壺に嵌るぞ」

レスター団長とベントレー卿は、ルーベンスの念押しに頷く。

馬鹿な貴族を護りたいとは思えないが、王都には多くの庶民や護る価値のある貴族もいる。それでなくとも、シラス王国の最重要拠点だ。サザンイーストン騎士団が全ての戦艦をサリヴァンの防衛から外すのが難しい事情も、ルーベンスは理解していた。

フィンも地図を見て、かなりの海岸が侵略されているのに怒りを覚えた。

初等科の時に、ルーベンスや幼いウィニーと旅した長閑な海岸を、カザフ王国の兵や海賊が荒らし回っている。

空から見た焼き討ちされた畑や家を思い出し、フィンは苛々と歩き回った。ジッとしていられない気分だったのだ。

「フィン、うるさい！　落ち着け！」

「落ち着きがない」と叱られるのは慣れっこのフィンだったが、その口調の余裕の無さに、ふと足を止めてルーベンスの顔を見る。

「師匠、軍略会議まで少しでも良いから、横になってください。キャリガン王太子とグレンジャー団長が来られたら、起こしますから」

元々、吟遊詩人の真似をしての旅行以外は塔に引き籠もっているのでルーベンスは色白だが、今は灰色がかっている。余りの顔色の悪さにフィンは驚き、休養が必要だと口にした。

「馬鹿者！　カザフ王国に攻め込まれているというのに、昼寝なんかしていられるか！」

上級魔法使いが怒鳴り、レスター団長とベントレー卿はビクッとしたが、フィンは引き下がらない。

「緊急事態だからこそ、休める時には休まなきゃいけないんです。師匠にもわかっているはずです。今は、キャリガン王太子達が到着するまで待っているだけなんだから、休んでください」

ルーベンスは反論されるのに慣れていない。歴代国王の命令を無視する程の不遜な態度を貫いてきた。皆ひと睨みすれば黙ったものだが、この弟子はそれをものともしない。

「お前は……」

ルーベンスの怒りの籠もった青い眼と、一歩も譲らないフィンの緑色の眼が火花を散らす。

中級魔法使いのベントレー卿は、背中に汗がにじんだ。魔法使いの素養のないレスター団長ですら、息苦しさを感じて咳払いする。

その咳払いで、二人の間の緊張が解けた。

「この頑固者め！　言い出したら聞かないな」

ルーベンスも自分が疲れ果てているのに気づいて、生意気な弟子の忠告に従うことにした。

ベントレー卿がアタフタと一番良い部屋を用意させようと召使い達に命じるのを、ルーベンスは片手で制して、部屋の長椅子に横たわる。

「私はここで構わん。フィン、キャリガン王太子が到着されたら、絶対に起こすのじゃぞ。起こさなかったら、沼でハエを食べる目に遭わせてやる」

悪態をつきながら目を瞑ったルーベンスに、フィンは関節炎、気管支炎の治療の技と共に、深く眠れるように心を落ち着かせる魔法を掛けた。

一瞬でルーベンスを深い眠りにつかせ、マントを掛けてやっているフィンを見て、二人はこれが次代の守護魔法使いの腕前なのだと感心して眺めていた。

「俺がここにいますから、なすべきことをしてください。あっ、お二人にもお昼寝をお勧めしますよ。キャリガン王太子が到着されたら、起こして差し上げますので……」

二人とも疲れていたが、お昼寝をしている暇はないと苦笑して断ると、そっと部屋を出て行った。

「どうやら次の守護魔法使いは、ルーベンス様とはかなり違った感じになりそうですな」

レスター団長は、癖のある茶色の髪に緑色の目を輝かせ、雛竜をバスケットに入れて騎士団に初めて来た時の少年を思い出して、感慨に耽った。

「そうですね。でも、それはまだ先にして欲しいですね」

ベントレー卿は、息子と同い年のフィンは、魔力に不足はなくても、まだまだ学ぶことが多いだろうと笑った。

「勿論です！　ルーベンス様にはフィン君を一人前にしてもらわないといけませんからなぁ」

カザフ王国の侵略からこの方、二人は先のことまで考える余裕など持てない日々を過ごしていた。守護魔法使いが帰還し、その弟子までもが頼もしく成長しているということが、心にホッと明るい火を灯した。

「キャリガン王太子とグレンジャー団長が到着する前に、我々の意見を統一しておきましょう」

海岸線の防衛を重要視しているベントレー卿と、内陸部への侵攻を防ぐことが一番大事だと考えているレスター団長は、二人で話し合うために他の部屋へ向かった。

五　軍略会議に暗雲が……

「フィン……」

フィンは床に座り込み、ルーベンスが眠っている長椅子にもたれて、うとうととしていたが、小声で呼びかけられハッと目を覚ました。

声のした方へ顔を向けると、そこには見慣れた友人が立っていた。

「あっ、ファビアン！　……ってことは、キャリガン王太子も到着されたんだね」

慌ててルーベンスを起こそうとするフィンを、ファビアンは制した。

「キャリガン王太子も長距離移動で疲れておられるし、私がグレンジャー団長を迎えに行っている間は休養させていた方が良いのではないか？」

「グレンジャー団長もファビアンが迎えに行くの？　もしかして、カザフ王国が攻めてきてから、ずっとグラウニーと連絡係をしているの？　グラウニーは疲れていない？　ファビアンも……」

ファビアンは、まず竜の心配をしたフィンに、竜馬鹿だなぁと苦笑する。

「グラウニーは、サリヴァンでバースに世話をしてもらったから大丈夫だよ。それに、グレンジャー団長はすぐ沖合いまで航行してきているから、そんなに負担にならないさ」

小声とはいえ二人がコソコソ話しているので、ルーベンスが目覚めた。

「フィン、キャリガン王太子が来られたら起こすようにと言ったのに……」

少し寝てサッパリするどころか、不機嫌そうに眉を顰めている。

「まだグレンジャー団長は到着されていないので、もう少し休んだらどうですか？　空きっ腹にワインを飲むから頭痛がするんですよ」

寝起きの機嫌が悪い師匠に、フィンは素早く頭痛止めの治療を施す。

サッと頭痛が消え失せたルーベンスは、フィンの治療の技は上級魔法使い並みだと思ったが、今はそんな褒め言葉を与えてやる気分ではなかった。

何でもないような顔をして、早速次の行動に移る。

「曲者のグレンジャー団長が到着する前に、キャリガン王太子と話し合おう。ファビアン、少し休んでから迎えに行きなさい」

ファビアンは、自分とグラウニーの心配をしたのか、それとも王太子と話し合う時間を稼ぎたいと考えての指示なのかわからなかったが、言われた通り少し休憩してからグレンジャー団長を迎えに行った。

いつも颯爽としているキャリガン王太子も、カザフ王国の侵略から眠れない日々を過ごしているらしく、目の下に黒いクマができていた。

ベントレー卿からお茶の接待を受けていた王太子は、ルーベンスが入室すると、傍目にもわかるほどの大きな息を吐いた。

「ルーベンス様、無事に帰国されて良かったです。バルト王国駐在のカンザス大使から、ロイマールに潜入されたと報告があがっていたので、心配していました」

キャリガン王太子との顔合わせは、サリン王国のチャールズ王子を救出に行く前の報告以来だった。

サリン王国から帰国した途端、ルーベンスが倒れたとの報告を受けて、マキシム王はサリヴァンで療養するように命を発したが、その時にはバルト王国へ飛んで行ってしまっていた。

いつもは温厚なキャリガン王太子だが、自分の健康も顧みないルーベンスの勝手な行動をチクリと皮肉った。

ルーベンスはいつも通り悪びれもせず、本題に入る。

「カンザス大使から報告を受けているなら、私が何を探ろうとしてロイマールへ向かったのかも察しているだろう。フレデリック王はもう長くない。この戦は、第三王子が後継者になろうとして起こしたものだ。王都の人々も、戦争勃発の知らせに驚いていた」

「まさか！　この戦争はフレデリック王が始めたのではないのですか？　確かに主力部隊は旧ペイサンヌ王国の兵士だと報告を受けてはいますが、海戦を得意としているからだとばかり考えていました」

キャリガン王太子は、後継者争いに巻き込まれたのだと知り、呆れ果てた。

「では、ロイマールからの援軍は来ないのでしょうか？」

本国から援軍が来ないのなら、望みが出てくると、キャリガン王太子はルーベンスに問いかける。

「それは何とも言えぬな。今回の侵略は第三王子カイルの勇み足だとしても、実際に戦果を挙げている。他の王子も加勢しないとは限らない」

「フレデリック王は、何故後継者を指名しなかったのでしょう。とんだ迷惑です！」

ルーベンスは、フレデリック王は猜疑心が強過ぎて、息子すらも信用できなかったのだろうと肩を竦めた。

「それより、サリヴァンの様子はどうですかな？　馬鹿な貴族どもが、港から襲撃を受けると言って怯えているのでは」

キャリガン王太子は、王宮に押しかけて図々しい嘆願をする貴族達を思い出し、眉を顰めた。

「あやつらの泣き言は父王が聞いてくださっています。そんなに戦が怖いのなら田舎に避難するようにと勧めたら、今度は私がサリヴァンから追放する気だと騒ぎ立てたのですよ。手に負えません！」

先祖の功績だけで貴族と名乗っている馬鹿どもをまとめてサリヴァン湾に放り込みたいと、キャリガン王太子は腹を立てていたが、父王はもう少し穏当な処分を考えているようなので任せることにしたという。

「では、サザンイーストン騎士団との協調がとれていないのは、馬鹿な貴族達に根負けしたマキシム王が、王都サリヴァンを護るように命じたからではないのですな」

ルーベンスに鋭く切り込まれたキャリガン王太子は、素早く否定した。

「まさか、父王はそんな愚かな命令などされません。ただサリヴァンを無防備にはできないので、何隻かの軍艦は停泊していますが……」

ルーベンスも、海戦が得意な旧ペイサンヌ王国が敵の主力なので、海に面した王都サリヴァンが奇襲を受ける可能性も無視できないだろうと頷いた。

「では、何故、サザンイーストン騎士団は海上封鎖をしないのでしょう。海上封鎖さえしてくれれば、侵略している兵士達の退路を断てますし、補給も防げます」

キャリガン王太子と守護魔法使いのやり取りを黙って聞いていたベントレー卿が、我慢しきれずに憤懣を口にした。

キャリガン王太子がその質問に答える前に、別の声が割り込んだ。

「それは、西海岸全域を海上封鎖するだけの戦艦を、サザンイーストン騎士団が持ち合わせていないからですよ。遅れて申し訳ありません。しかし、我が騎士団の日頃からの要求を少しでも聞き入れてくださっていたら、このような非難を浴びることもなかったのでしょうに……」

戦争中だというのに、相変わらず黒のビロードのリボンで長髪を綺麗に束ねたグレンジャー団長が、華やかな雰囲気を振りまきながら部屋に入ってきた。

優雅に王太子にお辞儀をしているグレンジャー団長の後ろに、苦虫を噛み潰したような顔のレスター団長もいる。フィンは、これからの軍略会議が紛糾する予感がした。

六　海の上に防衛魔法を掛けます！

フィンだけでなく、ルーベンスもキャリガン王太子も危惧した通り、軍略会議は荒れた。

「私だって海上封鎖できるものならしたいです。しかし、現実問題として無理なのです。ですから、海戦に持ち込んでカザフ王国の戦艦を撃破していくしかないのです。あっ、そう言えば、ルーベンス様！　先程は空からの援護ありがとうございました。やはり、各軍艦に専任の魔法使いを配置するのが一番だと思いますね」

ルーベンスはベントレーへ向かう途中で、カザフ王国の戦艦に炎の矢を放ったのを思い出し、眉を顰めた。自国の戦艦を援護したのを後悔はしないが、それを例にとって、サザンイーストン騎士団に魔法使いを取り込もうとしているグレンジャー団長には賛成しかねる。

「魔法使いの参戦については、父王からも要請している。しかし、サザンイーストン騎士団ばかりに魔法使いを派遣する訳にはいかない。元々、サザンイーストン騎士団付きの魔法使いは、他の騎士団より多いはずだ」

今回のカザフ王国の侵入で一番死傷者を出しているウェストン騎士団のレスター団長は、キャリガン王太子の言葉に無言で頷く。

「被害を受けている西部の領主として発言させて頂きます。負傷者の救護や海岸線のパトロールにも、もっと大勢の魔法使いが必要なのです」

口が重いレスター団長の代わりに、ベントレー卿が主張する。

「それはわかっているが……」

「キャリガン王太子、今、何人ぐらいの魔法使いが集まっているのだ？」

キャリガン王太子の重い口ぶりで、ルーベンスは貴族出身の魔法使いが戦いに参加したがらないのだろうと察した。

「アシュレイ魔法学校の教授陣は全員協力を申し出てくれました。ただし、高齢の方は……失礼！　ルーベンス様ほど健康でない方の参戦は遠慮して頂きましたが……」

百数十歳のルーベンス以上の高齢者はいないのだと、キャリガン王太子は自分の失言を取り消した。

「卒業生も多いはずだが……仕方ないのう」

フィンもアシュレイ魔法学校に入学してから、魔力には優れているが、贅沢な暮らしにしか興味がない貴族を何人も見てきたので、自分の領地が攻められない限り参戦しそうにないと肩を竦めた。

キャリガン王太子は、がっかりしているルーベンスに良い知らせを教える。

「生徒も協力を申し出てくれていますが、今は自分の家が戦闘地域にある者と高等科の生徒だけに絞っています」

確かに、パックなどは戦争に協力するしかない状況だ。

「中等科の生徒の中でも優れた魔法使いはいる。今は一人でも多くの協力が必要なのだ。魔力の使い過ぎなどの心配があるが、魔法学校の教授陣とコンビを組ませれば大丈夫であろう」

「それなら、もう少し人数が集まりますね」

少しでも隙があると、グレンジャー団長は自分の騎士団に有利な方向へと話を向ける。

「教授と在校生のコンビなら、各軍艦に魔法使いを配置できます」

その上、キャリガン王太子が反論する前に、もっと図々しい要求を突きつける。

「先程も感じたのですが、空からの援護はとても有効でありがたいです。現在、人を乗せて飛べる竜は、フィン君のウィニーとファビアン君のグラウニーですね。お二人と二頭に協力して頂ければ、カザフ王国の軍艦を撃破できるのですが」

「確か、ファビアンはノースフォーク騎士団に入団予定ではなかったか？」

キャリガン王太子が、瞳に怒りの稲妻を浮かべたルーベンスの代わりに、グレンジャー団長の要求を遠回しに断る。しかし、グレンジャー団長はその断り文句を逆手に取る。

「そうなのですよ！　ファビアン君はノースフォーク騎士団、そしてこちらの御子息であるパック君はウェストン騎士団に入団されるのですよね。我が騎士団だけ、竜持ちの魔法使いが入団しないのは、どういう訳かと前から不満に思っていたのです。あっ、フィン君、どうですか？　この前一緒に南の海を航海して、サザンイーストン騎士団の魅力を感じませんでしたか？　海は良いですよ」

ルーベンスは我慢強い方ではない。カザフ王国の侵略だけでも許しがたいのに、グレンジャー団長の勧誘など聞いていられないと怒鳴りかけた。

「グレンジャー団長、カザフ王国本国からの支援を妨害できれば、カザフ王国の軍艦を撃退することに集中できますよね。なら、俺が海岸線に防衛魔法を掛けて海上封鎖をします！」

ルーベンスの堪忍袋の緒が切れる前に、フィンが重大発言をした。その場にいた、ルーベンスを除く全員が驚く。

「まさか、本当に！　海の上に防衛魔法が掛けられるのですか？　それは、もしかしてフィン君が……」

「キャリガン王太子!!」

キャリガン王太子は驚きのあまり、フィンがアシュレイの子孫だから海の上に防衛魔法を掛けられるのかと言葉を発しかけたが、ルーベンスから凶暴なまでの圧力を感じて口を閉ざす。

そんなやり取りを、グレンジャー団長は抜け目なく観察していた。

やはり、フィンがアシュレイの子孫だとの自説に間違いは無さそうだと、内心でほくそ笑む。だが、今はもっと重要な話がある。

「海の上に防衛魔法が掛けられるなら、フィン君の言う通り、海上封鎖の代わりになります。サリヴァンへのカザフ王国の奇襲を防げますし、退路を断つことにもなる。そうできれば、海岸線のパトロールの人員を、タドリス河を侵略しているカザフ王国軍の掃討に回せます。援軍が来なくなれば、敵の士気も下がるでしょう！」

領主の海岸線の防衛をして欲しいという望みと、マーベリック城の防衛という重要任務の優先順位に悩んでいたレスター団長は、期待に満ちた目でフィンとルーベンスを見つめる。

「ルーベンス様、フィンの言うように、海上に防衛魔法は掛けられるのでしょうか？」

フィンが口から出まかせを言うような子ではないとキャリガン王太子は信じていたが、国の命運がかかった問題なので、守護魔法使いに確認する。

「そうじゃ。バルト王国の魔法陣を活用すれば可能だ」

「やったぞ！」

「それは何よりです！」

両騎士団長も嬉しい打開案に、歓声を上げる。

「私が海岸線に、魔法陣を使って防衛魔法を掛けよう」

その場に、これでカザフ王国軍をシラス王国から追い出せるとの期待が満ちた。

しかし、フィンはその雰囲気に抵抗する。

「そんなの駄目です。師匠は国境線の防衛魔法を維持しているのに、その上、海にまでなんて、倒れてしまいます！」

「フィン、黙りなさい！」

「いいえ、黙りません。師匠、この前も倒れたじゃないですか！　今も戦争勃発の知らせを聞いてから、碌に寝ていないし、食べてもいないのに……痛い！　でも、黙りませんよ。俺が海の上に防衛魔法を掛けます！」

弟子に偉そうな口ごたえを許すルーベンスではない。ピシャリと頭を叩かれたが、フィンは真っ直ぐにルーベンスを見つめる。

フィンとルーベンスの間で、ピカリと稲妻が走る。魔法使いのキャリガン王太子とベントレー卿の息が苦しくなるほど、部屋は緊張感に満たされた。

「ルーベンス様……」

「なんじゃ！」

凄まじい圧迫感を押しのけて、キャリガン王太子は自国を護るために意見を伝える。

「海の上の防衛魔法は、フィン君に掛けてもらいましょう。ルーベンス様が倒れたら、国境線の防衛魔法が消えてしまいます。そのような事態は、シラス王国の存亡にかかわりますから」

「まだフィンは修業中の身だ。この馬鹿者は魔力の調整が下手くそだ。あのフィンの池を一日で造って、へばるような未熟者なのじゃ。こんなへっぽこ魔法使いに、海の上に防衛魔法など掛けさせたら、魔力の使い過ぎで、命を落としてしまう！」

ルーベンスの罵詈雑言を聞きながら、フィンは改めて師匠の自分への愛情を感じた。

「師匠、大丈夫です！　決して無理はしません。あっ、それにウィニーに協力してもらいますから」

「勝手にしろ！　死んでも知らぬからな！　これまで何年も修業を付けてやったのも全て

無駄になるのだ。とんだ時間と労力の浪費だ。相変わらず竪琴は下手なままだし、魔唄も中途半端な幻影しか浮かべられぬド素人の癖に、よくも私に代わって防衛魔法を掛けるだなんて言えたものだ」

部屋を歩き回り、心配のあまり魔法の修業とは関係ないことにまで悪態をつき続けているルーベンスを無視して、キャリガン王太子は実際にどの程度まで防衛魔法を掛けられるのかを、フィンと話し合う。

「ウィニーに協力してもらうと言っていたが、それは可能なのか？」

「ええ、海上の防衛魔法でも可能だと思います。前に国境線の防衛魔法で実験しましたから」

「その実験は私がしたのじゃぞ！」

歩き回りながらも、ルーベンスは二人の話し合いにも聞き耳を立てており、いちいち茶々を入れてくる。

「その通りですが、ウィニーがやり方を覚えていますよ。それに、ウィニーは何度か俺の魔法を手伝ってくれましたから。この前、師匠が倒れた時も、俺に魔力を注いでくれました。師匠は気付きませんでしたか？　治療の技の中にウィニーの温かい魔力が混じっているのを」

フィンも負けじとルーベンスの茶々に切り返すが、そんなことをしていたら話し合いが終わらない。キャリガン王太子が二人の言い争いを遮り、話を本題に戻す。

「兎に角、ウィニーに協力してもらえるのだな。だが、ルーベンス様が心配なさるのも理解できる。海の上の防衛魔法は、カザフ王国が侵入している地域に限ろう」

「そうですね。俺も魔力をどの程度消耗するのかわかりませんし、西海岸に限定してもらった方がありがたいです」

するとルーベンスが、地図をキャリガン王太子の上から覗き込み、あれこれ口を出す。

「タドリス河から西で良いのではないか？　そうだ、そのくらいなら、私が掛けても然程負担にはならない」

諦めの悪いルーベンスを無視して、キャリガン王太子は、フィンが海上に防衛魔法を掛ける範囲を決めた。カザフ王国との国境からモイラ岬までの西部地区だ。

「フィン君、くれぐれも無理をしないように」

軍略会議を終えた後、キャリガン王太子と守護魔法使い、両騎士団長への食事を用意させようと、急いで部屋を出て行きかけたベントレー卿は、フィンの前で立ち止まり、肩に両手を置いて一言告げた。

その顔が、パックがたまに見せる真剣な顔に似ていたので、フィンは「やっぱり二人は親子なんだなぁ」と変な実感を持ちながら、無言で頷いた。

七　海上に魔法陣を掛けるぞ！

キャリガン王太子から海の上に防衛魔法を掛ける使命を託されたフィンは、ウィニーに協力をお願いしようと竜舎を訪ねたが、カザフ王国との間を往復した疲れで、ウィニーはぐっすり眠っていた。

『ウィニー、お疲れ様。グラウニーもお疲れ様だね』

サリヴァンからキャリガン王太子を連れてきたグラウニーも、ウィニーの横で熟睡していた。二頭の竜の横に座り、寝息を聞いているうちに、フィンも眠たくなってきた。

「そういえば、俺も昨日からあまり寝ていないや……師匠も寝てくれたら良いんだけどなぁ」

自分を心配してくれるのは嬉しいが、気が立っている師匠は扱い難い。ベントレー卿が用意した夕食の席でも、ワインばかり飲んで折角の料理にほとんど手を付けなかった。

「よっこいしょ！」

このままウィニーの横で眠りたいほど、眠気に襲われていたフィンだが、師匠を放っておけないので竜舎を後にしようと立ち上がった。

そこへ、パックとファビアンが現れた。

「やっぱりフィンはウィニーの所にいると思ったよ。お偉いさん達とでは食べた気にならなかっただろう？　これから一緒に食べないかと思って誘いに来たんだ……っていうのは口実で、海の上に防衛魔法を掛けると聞いてさ。どんな風に掛けるのか興味津々なんだよ」

二人に捕まったフィンは、一緒に夜食を食べながら、バルト王国で習った魔法陣について説明する。

「確か、前にラッセルの部屋に掛けた魔法陣の応用なんだよね。規模は全然違うけど大丈夫なの？」

パックは、フィンがアイーシャから魔法陣を習っていたのを知っていたので、魔法陣がどんなものか少しは理解していたが、ファビアンはそれも初耳だった。

「寮で魔法陣を掛けたのか？　よくマイヤー夫人に天罰を落とされなかったなぁ。私にはとてもそんな勇気はないよ」

自治会長をしているファビアンでもマイヤー夫人が苦手なんだと、フィンは笑った。

「それで、いつ掛けるんだ？」

「海の上に防衛魔法を掛けたら、タドリス河を侵略しているカザフ王国の部隊の討伐作戦に取り掛かりたいとキャリガン王太子は考えておられる。だから、西海岸に掛けるのは北部や東部の援軍が到着してからになると思うんだ。でも、その前に海賊の被害が多い海岸で、練習がてら掛けてみるつもりだよ」

パックは、近くの略奪を受けた地区などを思い出し、一刻も早く海の上の防衛魔法を掛けて欲しいと頷いた。

「そうだね！　いっぺんに全部掛けなくても良いのなら、そうしてもらった方が助かる地区もあるよ」

「それもまだ実験してみないとわからないんだ。兎も角、明日やってみるよ」

まだファビアンもパックも、海の上に防衛魔法を掛けるやり方が理解できたとは言えなかったが、フィンが欠伸を噛み殺したのを見て、潜入していたカザフ王国から帰国したばかりなのを思い出した。

「フィン、休んだ方が良いよ」

「パックもファビアンもね」

そう言いながら、フィンは師匠の部屋に向かった。

ベントレー卿は、守護魔法使いのために一番良い部屋を提供していたが、果たしてルーベンスがその立派なベッドを使うかどうか、疑問だったからだ。

案の定、ルーベンスは長椅子に座って、ワインを持ったまま渋い顔でフィンが来るのを待っていた。

「師匠、早く寝てください」

「やはりお前には負担が大き過ぎるのではないかと考えていたのだ。キャリガン王太子は、防衛魔法については詳しくないからな」

やれやれ、また一から説得しなくてはいけないようだとフィンは溜め息をつく。

「明日、被害の大きい地区で魔法陣を掛ける実験をしてみるつもりです。ウィニーに伝えに行ったけど、ぐっすりと眠っていたので、明日の朝にします。俺も疲れているし、師匠だって寝なきゃいけませんよ」

「そうか、実験してみるのは良い考えだ。お前は早く寝なさい」

そう言う師匠が寝てくれないと、フィンは心配で眠れないのだ。

「ここにマイヤー夫人がいたら良いのに……就寝時間を過ぎても起きていたら、天罰を与えてくれるのになぁ」

「マイヤー夫人は私に天罰など与えたりしないさ。私の宵っ張りは昔からだ。お前はさっさと寝なさい」

フィンは、瞼が重くなってきたので、これ以上起きているのは無理だった。ルーベンスの部屋を出ると、隣部屋に用意してもらった小さなベッドに、服も着替えずにダイブした。

ルーベンスは、自分も身体を休めるべきだとわかってはいたが、被害が思っていたよりも甚大だったことが頭から離れず、なかなか眠れなかった。

「マーベリック城の近くまでカザフ王国の軍隊が侵入しているのか……」

普段は、野心家のマーベリック一族と縁を切っているとはいえ、やはり自分の故郷が攻撃を受けていると思うと、胸が騒つくルーベンスだった。


翌朝、爆睡から目覚めたフィンは、隣の部屋の師匠の様子を見に行った。

「師匠？」

そっと部屋の中を覗くと、夜遅くまで起きていたらしくワインのボトルが一本空いていた。

奥のベッドの掛け布団が、ルーベンスの寝息と共に上下している。

「これから実験しますけど……師匠は寝ていてくださいね」

後で、文句を百ほど言われるだろうが、やっと眠った師匠を起こすのをやめて、フィンは一人竜舎へ走る。

『ウィニー！　おはよう』

『フィン！』

昨日は、ゆっくりと話す暇もなかったから、フィンがブラシを掛けながら、ウィニーに海の上に魔法陣を掛けるのに協力を求めると、ウィニーが疑問の声を上げた。

『魔法陣ってどんなの？　防衛魔法とはまた違うの？』

『えぇっと、防衛魔法は土の魔法体系だけど、魔法陣は水の魔法体系……なのかな？　バルト王国の水占い師の手法だから、少しシラス王国の魔法とは違うんだけど……説明は難しいや』

『フィン？　よくわからないけどフィンは使えるんだね。なら、それで良いよ。協力するよ』

『ありがとう！　今から、少し実験をしてみようと思っているんだ』

口で説明するのを諦めて、フィンはウィニーと海岸へ向かった。

ベントレーは火の魔法使いが多い一族が治めているので、空の上から見ても、屋敷の周辺は被害が見当たらなかった。だが、少し離れると焼け落ちた家や畑が目につく。

「カザフ王国め！」

カザフ王国の軍隊の仕業なのか、戦争に乗じた海賊の仕業なのかわからないが、フィンにはどちらでも同じだった。フレデリック王が海賊に私掠船の許可を与えたのだから、カザフ王国の兵のようなものだ。

「被害を受けた地区に掛けてあげたい！」

どこで実験を行うかフィンは悩んでいたのだが、実際に被害地区を見ると、そこで暮らしている人々の苦痛と不安が胸に迫ってきた。

『ウィニー、ここで実験してみよう』

戦争前なら、こんな天気の良い日には朝早くから漁船が出ているだろうに、今は人っ子ひとりいない。がらんとした浜辺に、ウィニーと舞い降りた。

浜辺には何個かの小さな焼け跡がある。村人が使っていた漁船が焼き払われたのだと、フィンは憤った。

『フィン？』

『ウィニー、カザフ王国の奴らは、漁をするための漁船まで焼いたんだよ』

強い絆で結ばれたフィンとウィニーは、お互いの気持ちがわかる。

ウィニーも雛竜の時に、フィンとルーベンスとこの海岸を旅行したことを思い出した。小さな船が海の上を航行しているのを見て、泳ぎ方を真似したのだ。

思い出の地を焼き払われたフィンの悲しみは、ウィニーにも理解できた。

『こんなことを二度とさせないためにも、海の上に防衛魔法を掛けたいんだ』

『わかったよ！』

フィンは怒りを鎮めて、精神を集中するために何度も深呼吸を繰り返した。

バルト王国でラザル師から習ったことを思い出し、空気中に魔法陣を描いた版を作り、海の上で輪転機のように転がしていく。

版が転がった端から水柱が噴き上がり、ウィニーが歓声を上げる。

『わぁ、噴水みたいだね！　でも、これで軍艦を防げるの？』

南の島ヘルーベンスを探しに行った時に乗った軍艦は大きかったので、ウィニーは心配になった。

『ふふふん、まぁ見ててよ』

海岸線一帯に魔法陣を掛け終えたフィンは、その上にもう一段魔法陣を重ねていく。

『ずれないようにしないといけないんだよなぁ』

一段目よりも慎重に版を転がして、噴水が高くなるようにしていく。全て重ね終えると、海の上に水の壁が聳え立っていた。

『わぁ！　これならきっと大丈夫だよ』

『さぁ、これからが本番だよ。こうして陸から掛けられるのは見える範囲だけになっちゃうから、ウィニーと飛びながら掛けていこうと考えているんだ』

バルト王国の水占い師が、テムジン山脈から王都カルバラまで水を引くのに、いちいち歩いて魔法陣を掛けたとは思えないが、一日修業しただけのフィンには、地道に掛けることしかできなかった。

『もしかしたら、師匠なら一気にできるかもしれないけど、国境線の防衛魔法を維持するだけでも大変だからね。ちょっと手間取るかもしれないから、ここで練習しておかなきゃ！』

ウィニーに乗って、今掛けた魔法陣の端まで飛んでいく。

『ここから魔法陣を掛けて行くから、ゆっくりと飛んでね』

空から海の上に魔法陣を掛けるのは、陸からよりも難しく感じた。

『このくらいで大丈夫だろう。ウィニー、ここからゆっくりと引き返して』

一段目の上に魔法陣を重ねて掛けるのはさらに難しい。

上手くいかず、壁に隙間（すきま）ができてしまう。

『フィン、ずれているよ！』

『わかっているけど……』

『飛ぶのは私に任せて、フィンは魔法陣を掛けるのに集中して』

ウィニーは、フィンが魔法陣を掛けるのに合わせてゆっくり飛行する。フィンも何度か挑戦して、空から魔法陣を掛けるコツを掴んだ。

そして、二集落分の魔法陣を掛けたところで、今日の実験を終えることにした。

『ウィニー、ベントレーへ帰って。サザンイーストン騎士団に、軍艦が通り抜けられないか試（ため）してもらわないといけないから』

ウィニーとベントレーへ帰ったフィンを、不機嫌なルーベンスが出迎えた。

「お前という奴は！　勝手に魔法陣を掛けたのだな！」

フィンは苛立っている師匠を見て、ウィニーとこのまま飛び去りたい誘惑にかられたが、サザンイーストン騎士団に実験してもらわないといけないので、渋々降下する。

「実験は成功しましたよ。ウィニーに乗って掛けていけば、かなりの距離を稼げます。それにしても、寝ていたのに魔法陣を掛けたのがよくわかりましたね」

ルーベンスは、どこから叱るべきか、それとも褒めた方が良いのかわからなくなり、フィンを抱きしめた。

八　水の壁対プリンストン号

フィンの実験の成果を見た途端、グレンジャー団長は反射的に叫んだ。

「何だこれは！」

アシュレイが国境線に防衛魔法を掛けているのは、シラス王国の誰でも知っていたが、それを目にできるのは中級魔法使いの中でも敏感な者だけだ。

しかし、目の前の海上には、誰の目にも不自然な、水の壁が立ちはだかっていた。

「グレンジャー団長、この水の壁を突破できるか？」

プリンストン号に同乗したキャリガン王太子は、軍艦がこの海上の防衛魔法を通り抜けられるか実験する必要があるので、騒めいている乗組員にも聞こえるように、大きな声で質問した。

「ううむ……どうでしょう？　私が敵軍ならこんな不気味な水の壁に向かって進みたくはないですけどね。でも、試さないといけません」

まずはプリンストン号に乗せている小舟を降ろして、グレンジャー団長、キャリガン王太子、それに士官達で、水の壁のすぐ側まで近づいて観察することにした。


フィンはルーベンスをウィニーに、そしてファビアンはベントレー卿とパックをグラウニーに乗せて浜辺に向かった。浜辺には、事前に集めておいた近隣の領主達と、海の様子が気になってやって来た住民達がいる。

フィン達が浜に降り立つと、一人の住民がすぐに駆け寄ってきた。

「ベントレー卿、あれは何事ですか？」

近隣の領主への説明のために、ベントレー卿とパックを連れて来たのは正解だった。

新手の攻撃ではないかと、住民達は警戒しながら木の陰から覗いていたのだ。

「あれは海の防衛魔法です。これから、サザンイーストン騎士団が軍艦でも越えられないか試すのです」

「海の上にも防衛魔法を掛けられるのですか？　では、なぜもっと早く掛けてくれなかったのですか？」

横で聞いていたフィンは被害に遭った人達に申し訳なくて、小さくなる。

代わりに、ベントレー卿が事情を説明した。

「今までは海の上に防衛魔法を掛ける方法が見つかっていなかったのです。ここにいらっしゃる守護魔法使いのルーベンス様と、その弟子のフィン君が発案されたのですよ」

「そのお方が守護魔法使い様なのですね。そして弟子の方ですか？」

ベントレー卿の説明で、視線が一斉にルーベンスとフィンに向けられた。フィンは、領主に握手を求められたり、住民から感謝の言葉を掛けられたりして、何だか居心地が悪くなる。

「師匠、実験を近くで見てきます」

ルーベンスも、領主のお世辞の相手など御免だったので、サッサとウィニーに乗り込んだ。

「顔を覚えられたら、吟遊詩人の営業に差し障りが出る」

こんな時までお忍びの放浪のことを気にしている師匠に、これからも吟遊詩人の修業が続きそうだと、フィンは肩を竦める。その間に、ウィニーは水の防衛魔法のかなり上を飛び越して、小舟の上に着いた。

「おお、フィン！　説明を受けてはいたが、実際に目にすると驚いたぞ」

キャリガン王太子の興奮した声に出迎えられたフィンは、上手く阻止できたら良いなと祈る気持ちだった。

「グレンジャー団長、どうじゃろう？　プリンストン号なら突破できるのではないか？」

ルーベンスの問いかけに、グレンジャー団長は腕を組んで唸った。

「ううむ、何とも言えませんな。フィン君、ウィニーに乗せてくれないか？　この防衛魔法の幅がどの位なのか、上から見てみたい」

嵐の大波の中を何回も航海してきた大型軍艦プリンストン号なら突破できるかもしれないと、グレンジャー団長の海の男としてのプライドに火がついた。

一旦、プリンストン号にルーベンスを降ろし、グレンジャー団長、キャリガン王太子を乗せて、防衛魔法の上に向かう。

「高さは十分ですが、幅は然程広くないですね。フィン君、もう少し下まで降りてください」

小舟では壁の上から落ちる水の圧力が強く近寄れなかったが、ウィニーだと水飛沫は掛かるものの、すぐ近くまでいけた。

「かなりの水圧だな。船のマストが壊れるのではないか？」

キャリガン王太子は、顔にかかる水飛沫を手で払いのけながら、真剣な顔のグレンジャー団長の判断を待つ。

「風の魔法使いに、帆に一気に風を送り込ませれば、突破できるかもしれないと考えたのですが……マストを破壊されたら困りますね。これからカザフ王国の軍艦との海戦が待っているのに、主艦が使えないのはまずいですからね」

プリンストン号に引き返してからも、グレンジャー団長とキャリガン王太子は議論を続けた。

「折角の防衛魔法なのに、軍艦が突破できたら困るのだ。だから、一度だけでも試してくれないか？」

「他の古い船で試してみましょうか？　いや、それでは意味がありませんね。さて、どうしたものか……」

ルーベンスは突破できないだろうと考えていたので、議論に加わらなかったが、フィンはやはり実際に試してもらわないと安心できない。

「あのう、軍艦のマストが折れそうになったら、俺が防衛魔法を消しますから……あっ、それじゃあ試す意味がないか。そうだ！　もし壊れたら、マストを修復しますから、試してくれませんか？　帆に風を送り込むのも俺がやります！」

フィンはよくワインのグラスを割るので、見兼ねたルーベンスから、壊れた物を修復する魔法の技を習っていたのだ。

「この馬鹿者！　ワイングラスと軍艦のマストの修復では、使う魔力に差があり過ぎるだろう。お前はこれから、この海上に防衛魔法を掛けなくてはいけないのだぞ。無駄な魔力を使うのは禁止だ。風の魔法体系は私の方が得意だから、私がしよう」

「師匠こそ……痛い！」

守護魔法使いと弟子のお互いを気遣った上での口喧嘩には、キャリガン王太子もグレンジャー団長も口を挟まない。

頃合いを見計らって、グレンジャー団長が話をまとめる。

「では、ルーベンス様に、帆に風を送り込んでもらいましょう。そして、万が一にもマストが破損した場合には、修復もお願いしますよ」

抜け目のないグレンジャー団長は、修復の確約を取り付けてから、実験への挑戦を決断した。

「沖合いから、速度を上げて水の壁を突破するぞ！」

プリンストン号の乗組員は、サザンイーストン騎士団の中でも選りすぐりの者達だ。グレンジャー団長を尊敬し信頼しているが、その彼らでさえ、水の壁に激突する恐怖に顔を青くしていた。

「フィン、お前はキャリガン王太子を、ウィニーで浜辺へ送っておきなさい」

キャリガン王太子は、自分も実験に参加したいと抗議しかけたが、ルーベンスに睨まれて、渋々ウィニーに跨がる。

「俺は帰ってきますよ！　もしもの時に防衛魔法を消したいですから」

マストだけでなく、プリンストン号の本体まで水圧で破壊されそうになったら、フィンはその場にいて被害を食い止めたいと主張した。

「この頑固者め！　好きにしろ」

　キャリガン王太子は、それなら自分も残りたいと言いかけたが、ルーベンスに急かされたフィンが、その前にウィニーを飛び立たせてしまった。

　ウィニーでプリンストン号に引き返すフィンを、浜辺から恨めしげに眺めていたキャリガン王太子だったが、地元の領主達に取り囲まれ、被害の報告を受けたり、今年の税金免除を嘆願されたりと、すぐにそれどころではなくなった。

　フィンがプリンストン号に戻った時には帆は全開になり、沖へ向かって猛スピードで航海中だった。

「やっぱり師匠は凄いなぁ！　こんなに便利だとグレンジャー団長が知ったら、プリンストン号から降ろしてもらえなくなるかもね」

　上等のワインでルーベンスを誘惑するグレンジャー団長を想像して、プッと噴き出す。

「帰って来なくても良いものを……」

涼しい顔で風を送り込んでいるルーベンスに、甲板に降りた途端に憎まれ口を叩かれたフィンは、先程の想像は全然現実的ではないなと肩を竦めた。こんな気儘でやりたい放題の師匠が、グレンジャー団長に丸め込まれる訳がないのだ。

『ウィニー、後で呼ぶから、それまで浜辺で待っていて』

『フィン、大丈夫なの？』

『俺が掛けた魔法陣なんだから、いざとなったら消すだけだよ』

『フィンが掛けた魔法陣なのに、突破しなきゃいけないの？』

『いや、突破できないかを実験するんだよ』

ウィニーは、訳がわからなくなって首を傾げながらも、フィンの言葉に従うことにした。

「そろそろ良いだろう」

グレンジャー団長の指示で、プリンストン号は沖合いで向きを変え、水の壁と向きあう。

「総員、衝撃に備えろ！　身体を何かに縛り付けるのだ！」

嵐の大波を受けた経験は何度もあるが、プリンストン号の主マストよりも高い水の壁に突っ込んでいくのは初めてだ。全員がロープで身体を船体に縛り付けた。

「では、ルーベンス様、お願いします」

ルーベンスが帆に風を一気に送り込むと、プリンストン号はスピードを上げて、ぐんぐんと水の壁に近づいていく。

「かなりの迫力ですね」

「何を言っとるか、お前が掛けた魔法陣だろうに」

グレンジャー団長は、こんな凄い魔法を掛けているというのに、守護魔法使いと弟子のどこか呑気な会話を小耳に挟んで、やはり魔法使いの気持ちは普通の人間には理解できないと肩を竦める。

小舟で近づいた時も凄い水圧を感じたが、それに突っ込んで行くと思うと、より恐怖心が湧いてくる。グレンジャー団長は、怯えている乗組員達を鼓舞するために、大きな声でサザンイーストン騎士団の団歌を歌い始めた。

フィンとルーベンスは、グレンジャー団長の歌声は張りがあると感心していたが、他の乗組員達の歌声には焼けくそ気味のドラ声が混じっていた。

そうこうしている内に、壁が目前に迫ってくる。

「行くぞ！」

ルーベンスの声と同時に、プリンストン号は水の壁に激突した。

ドドドドド……と上から落ちてくる水の圧力で、猛スピードで突っ込んだプリンストン号は足を止められた。一気に突破する計画は、ここで頓挫する。

プリンストン号の先端だけは水の壁の中に入っていたが、落ちてくる水に打たれてギシギシと嫌な音を立てる。

「プリンストン号が！」

グレンジャー団長の怒声に、フィンは素早く反応した。

「まずい！　船が壊れちゃう！」

フィンは水飛沫でずぶ濡れになりながら、魔法陣を消した。

途端に水の柱も消え失せ、メインマストまでは突っ込んでいなかったプリンストン号は、消滅した魔法陣の上を優雅に進んだ。

「各員、被害状況を確認しろ！」

メインマストは折れていなかったが、先端のサブマストは粉々になっていた。それに、情けないことに、プリンストン号の先端に取り付けられていた海の女神像は悲惨な姿になってしまっていた。

「ほら、見てみろ。突破できなかったじゃろ」

「でも、試してみないと不安じゃないですか」

これで海の防衛魔法は有効だと喜んでいる二人に、グレンジャー団長は先程の約束を思い出させる。

「ルーベンス様、きっちりと修復してくださいよ」

「そんな約束をしたかのう?」と惚けるルーベンスに匙を投げたグレンジャー団長は、真面目なフィンに縋り付く。

「これから決戦なのに、サブマストがないと方向転換がスムーズにいきません。それに、海の女神像がこんな有り様では士気も下がってしまいます」

フィンがグレンジャー団長の要求に応じるのは目に見えているので、ルーベンスは修復の魔法を掛けてやる。

ルーベンスとて、本気で約束を反故にする気はなかった。息抜きにからかっただけである。

「おお、新品同様です。海の女神像も前よりも神々しく麗しい。そうか、これからは修復の技を掛けてもらえば、サザンイーストン騎士団の予算にも余裕が生じますね」

図々しいことを言い出したグレンジャー団長とこれ以上は同席したくない。ルーベンスとフィンは顔を見合わせて、ウィニーを呼び寄せサッサとベントレーへ引き上げた。

九　竜持ち五人組

フィンが海の上に掛けた魔法陣が、防衛魔法として十分に機能することが実証されたので、キャリガン王太子は本格的にカザフ王国への反撃を開始することにした。

ベントレー卿の部屋にルーベンス達と籠もり、策を練る。

軍略会議が長引いているので、フィンは師匠や他の参加者に何か食べ物をと思いついて、台所に伝えに降りた。

「なぁ、フィン！　あの防衛魔法は凄かったなぁ」

するとと丁度、食事中のパック達に捕まった。

「少し尋ねたいのだが、あの防衛魔法はアシュレイが掛けた防衛魔法とは全く違うけど、同じ役割を果たしているのだよな」

ファビアンは、プリンストン号の実験を見てから、気になっていたのだ。何年か前に、フィンに突き飛ばされて防衛魔法に弾き返されたことがある。それと比べると、全くの別物に思われたからだ。

「そりゃ、アシュレイの防衛魔法とは違うよ。あれは人も物質も通さないで弾き返すだろ。でも、今回のは海の上に魔法陣を掛けて、水の壁を作っただけなんだ。でも、軍艦も人も通さないから、便宜的に海の防衛魔法と呼んでいるんだ」

パックは、海の防衛魔法を掛けた地区の住民達がどれほど安堵したか見ていたので、水の魔法陣と言うよりも、三百年もの間、シラス王国を護ってきた防衛魔法と同じように呼ぶ方がわかりやすいだろうと頷いた。

「あの防衛魔法って、他の地区にも早く掛けられないの？」

「少しずつ掛けていっても良いんだけど、それだとカザフ王国に警戒されるとキャリガン王太子が言うんだよ。だから、決行日の朝早くに、一気に西の海岸に掛けるんだ。そういう訳で今は暇にしているから、パトロールでも負傷者の治療でも手伝うよ」

その前に皆に食べ物を持って行かなきゃと、フィンが話していると、ルーシーがもう用意してあると笑う。

「父に別室に用意するように言われていたの。でも、部屋に入るタイミングがわからなくて。本当は食事の時間になったら父が別室にお連れする予定だったのに……」

「ベントレー卿は、軍略会議に熱中されているからなぁ。じゃあ、俺が食事の時間だと伝えるよ」

「助かるわ！　キャリガン王太子に冷めた料理は出せないから、皆でやきもきしていたのよ」

腰軽く軍略会議が開かれている部屋に戻るフィンを見送ったパックとファビアンは、次代の守護魔法使いに雑用まで押し付けて良いものだろうかと顔を見合わせた。

「フィンはさっき、何でも手伝うなんて言っていたけど、パトロールは兎も角、魔力を消費する治療などはさせない方が良いぞ」

「わかっていますよ。でも、フィンの性格では何もさせないってのも不可能です。治療室に近づけないためにも、ウィニーとパトロールしてもらおうかな？　ついでに、私も乗せてもらえると、ゼファーと飛行する時の訓練にもなるしさ」

ファビアンもフィンに何もさせないのは、却って良くないだろうと同意した。

ゼファーは、パックと一緒に飛びたいと『きゅるるっぴ』と鳴くと、肩へ飛び乗る。

「それにしてもゼファーは甘えん坊だなぁ」

そう言いながら、ファビアンはゼファーに残りの鶏肉を与える。

「甘やかさないでくださいよ」

パックとファビアンは、ゼファーに餌をやりながら、二人揃って仲良く食堂を後にした。

夏休み前までは、高等科のファビアンとの接点が少なく、その整った容姿や自治会長としての振る舞いから冷たい印象を持っていたパックだが、一緒に過ごす時間が増えてから見方が変わった。

以前は「フィンは、ファビアンが領主の息子だから無理して付き合っているのか？」と疑っていたのだが、ファビアンが国に真剣に尽くしていることや、本人は隠そうとしているが凄く竜馬鹿なのに気づいてから、良い人物だと思うようになったのだ。

それはファビアンも同じだった。竜の卵をルーベンスから貰った自分以外の三人の中で、パックへの評価は低かった。

他の二人に比べると突出したものがなく、「フィンと一番仲が良いから選ばれたのか？」と少し勘繰っていたが、性格が良いだけでなく、魔力、武術にも秀でており、自分と同じくシラス王国を護ろうと考えているのに共感したのだ。

北部や東部からの援軍が続々と集結する間、フィンはパックを乗せてウィニーとパトロールして過ごした。ゼファーは、時々パックの肩から離れて、ウィニーの周りをパタパタ飛んだ。

「やっぱりゼファーは飛ぶのが上手いね！」

フィンは小さな羽根を懸命に動かすゼファーを見て笑う。

実際、ゼファーは雛竜達の中で最も飛び上手だ。

現在、ベントレーには魔法学校の教授や卒業生達と一緒に、在校生も集まっている。その中にはラッセルとラルフもおり、二人は当然ながらアクアーとフレアーを連れて来ていたが、ゼファーほど長時間は飛べなかったのだ。

「風の魔法体系だからかな？　あっ、でもアクアーは泳ぐのが上手いし、フレアーが火を噴いたのも驚いたなぁ」

フィンの後ろでパックが自らの推測を呟く。

ウィニーは二人の会話を聞いていて、自分も火が噴けるか確かめたくなってきた。自分は水の魔法体系ではないが、アクアー同様に泳げるので、だったら火だって噴けるのではないか、と思ったのだ。フレアーが火を噴いた時を思い出し、再現してみる。

『ガオオオ……』

飛行していたウィニーが突然火を噴いたので、騎乗していたフィンとパックは驚いた。

ゼファーは怯えたらしく、空から舞い戻り、パックの服の中に慌てて潜り込んだ。

『ウィニー！　突然火を噴くから驚いたよ』

『ごめん、魔法体系が違っても火を噴けるか、試してみたくなったんだよ』

『俺は良いけど、ゼファーはびっくりしたみたいだから、後で謝った方が良いよ。そうだ、ウィニーが火を噴けるなら、フレアーに制御の仕方も教えられるかな？　ラルフはかなり苦戦しているみたいだからさぁ』

『ゼファー、驚かせてごめんね。フレアーは火を噴くのが楽しくて仕方ないんだと思うよ。だって、私も飛べるようになった頃は楽しかったから。でも、竜舎や家の中ではやめさせなきゃね！　きっちりと言い聞かせるよ』

フィンは『頼んだよ』と言って、ウィニーを屋敷へ向かわせた。

当のラルフはというと、フレアーに振り回された夏休みを送っていた。

まず商売をしている実家にフレアーを連れ帰ったものの、興奮して火を噴いたものだから、早々に魔法学校に戻って過ごすことになった。そこに、カザフ王国との開戦の知らせが入り、魔法使いの募集があったので、協力を決意した。

だが、フレアーを連れての参戦には不安があった。

「私は水の魔法体系ですので、治療の技を色々習得しています。しかし、このフレアーが火を噴く癖があるので、迷惑にならないか心配なのです」

魔法使いの募集係は、一人でも多く協力して欲しかったので、ラルフの相談にこう答えた。

「ベントレーには、上級魔法使いのルーベンス様や弟子のフィン君がいるから、きっとフレアーの躾もできますよ」

調子のよい募集係にそう言われて、ベントレーに来たものの、初めての場所に興奮したフレアーは火を噴きまくったのだった。

「すみません！」と謝り倒したラルフだったが、流石にずっと世話をしているだけあって、フレアーの火を消すのも慣れている。大きな被害は出さなかったし、治療の腕は優れていたので、周囲からは無事に受け入れられた。

「そんなに気にしなくても良いよ」

一緒にベントレーに来たラッセルはそう言って慰めていたが、ラルフは迷惑を掛けるぐらいならサリヴァンに帰ろうかとまで悩んでいたのだ。

そこへ、火を噴くのを習得したウィニーが戻って来た。その後は、ウィニーが竜舎でチビ竜達を躾けてくれたお陰で、フレアーも所構わず火を噴くことはなくなった。

「これで落ち着いて、カザフ王国の奴らを追い出せるね！」

パックに背中をバシン！と叩かれて、ラルフは「痛いなぁ」と文句を言いながらも笑った。

雛竜達が落ち着いた頃、北のノースフォーク騎士団の精鋭部隊が到着し、作戦の準備が整った。

「明日はいよいよ海の上に防衛魔法を掛けるんだよなぁ！　フィン、頑張ってくれよ」

ファビアンの激励を切っ掛けに、パック、ラッセル、ラルフもフィンに声を掛ける。

フィンと共に竜をもらった魔法使い四人が、この不幸な戦争を乗り越えようと食堂で盛り上がっていた時、闖入者が現れた。

「あっ、ここにいたんだな！　ゼファー、アクアー、フレアー！」

突然のアンドリュー王子の登場に驚いたフレアーが火を噴いたものだから、その場は一時騒然となった。いつもは一瞬で消すラルフが、アンドリューに驚いて少し遅れたのだ。

「アンドリュー、着いた途端に騒がしいぞ」

騒ぎを聞きつけて食堂に顔を出したキャリガン王太子、ルーベンス、レスター団長、グレンジャー団長に、明日がどれほど重要な日かわかっているのかと叱られながらも、フィン達はきっと上手くいくと感じていた。

ラッセルが皆に解散を促す。

「アンドリュー殿下が来られると、どうも叱られることが多くなりますね。さぁ、私達も寝ましょう」

大人達も明日に備えて早寝しようと寝室に引き上げたので、ラッセルはアンドリューをどのベッドに寝かせようか、パックやサイラスに相談しなくてはと考えていた。

「あっ、そうだ。ユリアンも連れて来たんだよ。ユリアンのベッドも用意して欲しい」

アンドリューが思い出したように言ったが、近くには見当たらない。

すっかり忘れられていたユリアンは、何と台所の隅でルーシーと仲良く話していた。

「あいつめ！　ベントレーへ行こうと誘ったら、妙に積極的で変だと思ったんだよ」

邪魔をしないようにラッセルとアンドリューはこっそり覗いていたが、「殿下をおもてなししないと」と張り切ったベントレー卿が台所に現れたので、ユリアンとルーシーは不自然なほど離れてしまった。

「いつの間にルーシーとそんな仲になったんだよ」

戦時下なので、御学友と同じお部屋でと案内されながら、アンドリューはこっそりとユリアンの脇腹を肘で突っついた。

十　反撃開始

シラス王国の存亡を懸けた反撃は、ベントレーの竜舎から始まった。

まだ辺りが薄暗い早朝の竜舎で、珍しく早起きしたルーベンスが、フィンにくどくどと注意を与えている。

「絶対に無理をしてはいけないぞ。疲れたと思ったら、私に言いなさい。代わってやるからな」

「師匠……もしかして、グラウニーと一緒に付いて来るつもりですか？」

「当たり前だ！」

今回、ウィニーは普通に飛ぶだけではなく、フィンが海の上に魔法陣を掛けるのに合わせなくてはならない。ウィニーが疲れた時に備えて、グラウニーにも横で飛んでもらうことになっていた。

「師匠、グラウニーはウィニーが疲れた時のための代役で、師匠が乗るためにいる訳じゃ……」

「馬鹿者、ウィニーの代わりを用意するなら、お前の代わりも必要だろうが。さぁ、ファビアン、さっさと出発するぞ」

ファビアンは、良いのですか？　とキャリガン王太子に視線で尋ねたが、仕方ないと肩を竦められただけだった。

「ウィニー、グラウニー、頑張れよ。あっ、フィンも頑張ってね！」

相変わらず竜馬鹿のアンドリューに送り出されたフィンは、まずはベントレーの沖合いから西に向かい、カザフ王国との国境線まで掛けたら、そこで折り返して今度は東に向かい、タドリス河を通り過ぎて、モイラ岬まで行ってから、最初の地点に取って返す予定だ。

フィンは順調に空の上から魔法陣を掛けていく。一回目はまだ楽なのだ。

「これなら大丈夫そうですね」

ファビアンは、後ろに乗ったルーベンスに声を掛けたが「これからじゃ」と不機嫌そうな声がしただけだった。

ルーベンスの言った通り、西の国境線までは順調だったが、そこから折り返して二段目を掛けるのには手間取った。

『もう少し遅く飛んでくれないか？』

前の実験の時と同じぐらいの速さで飛んでいたウィニーは、フィンがもう疲れてきているのに驚いた。

『わかった！』

速度を落としながら、どうにかベントレーの沖合いまで戻ったフィンは、ここからはまた一段目なので少し楽になると思った。

『少しスピードを上げても良いよ』

そうして順調に一段目の魔法陣を掛けていたフィンだが、タドリス河辺りから段々と疲れが溜まってきた。

『あっちに見えているモイラ岬まで掛けたら、折り返すからね。あともう少しだ！』

フィンは強がるけれど、ウィニーは疲れているのが気にかかる。

『ルーベンスに手伝ってもらったら？』

『それだけは絶対に駄目なんだ。師匠はもっと長い国境線の防衛魔法を維持しているんだから』

ルーベンスの健康を心の底から心配しているフィンを、ウィニーは予定通り助けることにした。

岬の先まで魔法陣を掛けたフィンは、そこから折り返して二段目を掛ける。

『二段目は慎重に掛けないと、ずれてしまうから、ゆっくりと飛んで！』

その時、疲れたフィンにウィニーの温かい魔力が流れ込んだ。

『ウィニー、ありがとう！　でも、大丈夫なの？』

『もうチビ竜じゃないから、大丈夫だよ。それに、元から手伝うって話だったじゃない。無理しないで』

ルーベンスは、岬から折り返すのを切っ掛けにして、フィンと交代するつもりだったが、どうやらウィニーが先に手助けしたようだと苦笑する。

昨夜の竜持ち五人組の大騒ぎを思い出し、自分がいなくてもアンドリュー王子を支えてどうにかやっていくのだろうと密(ひそ)かに安堵した。

「ファビアン、私達は先にベントレーに帰ろう！　カザフ王国の奴らをシラス王国から追い出さなければならないのだからな。反撃開始だ！」

ファビアンは、ウィニーの飛ぶスピードが落ちてきていたので、フィンが疲れているのではと心配で、少し躊躇う。

「大丈夫でしょうか？」

「ウィニーがフィンを助けてくれるさ。さて、ベントレーでは反撃の準備ができているかな？」

ファビアンもノースフォーク騎士団と共に、今回の作戦に参加するつもりだったので、ルーベンスの判断を信じる。

「フィン、私達は先にベントレーへ帰る。無理をするなよ」

グラウニーがスピードを上げるのをチラリと見て、フィンは無言で頷く。魔法を掛けている最中なので、答える余裕がなかったが、師匠が自分とウィニーを信じてくれたのが嬉しかった。

海の上に魔法陣を掛け終えてベントレーに帰ったフィンはヘトヘトだった。早朝に飛び立ってから、夕方まで飲まず食わずだったのだ。

『ウィニー、ありがとう』

『フィン、頑張ったね。ゆっくりと休んで』

「お帰り！　ウィニーの世話は私に任せて、フィンは休んでよ。他の生徒達は参戦を許されているのに、父上は私だけ居残り組にしたんだ。だから、竜の世話ぐらいはしたいんだ」

アンドリューにウィニーの世話を任せて、フィンは人気のないベントレーの屋敷の中をふらふらと歩いた。

「ああ、そうか……皆、反撃に加わったんだな」

フィンが魔法陣を掛けるのを待って、兵達は内陸に侵入した敵を撃退する手はずだ。主戦場となるタドリス河の中流域にはマーベリック城がある。そこでは、金髪で青い眼の可愛いフローレンスが不安な日々を過ごしているのだ。

「フローレンス、大丈夫かな？」

自分のするべきことを果たしたフィンが、ルーシーから山盛りのシチューをもらって、ベッドで爆睡していた頃、シラス王国の反撃の狼煙が上がった。

十一　シラス王国の逆襲

フィンは海の上に防衛魔法を掛けた疲れでぐっすり眠っていたが、夜遅くに目が覚めた。

「ううん……何だろう……」

いつもならこの時間は静かなのだが、今夜はガヤガヤとうるさい。

「あっ！　もしかして！」

フィンはベッドから飛び降りて部屋を出ると、階段を二段飛ばしで駆け下りた。

広間に着いた途端、パックに抱きつかれる。

「侵略していたカザフ軍をやっつけたぞ！　フィンが海の上に掛けた防衛魔法で、あいつらは退路を断たれ、援軍も来ないと悟って士気がだだ下がりだ！」

周りには帰還した兵が溢れ返っている。パックに生返事をしながら、フィンはキョロキョロと見回す。

「あっ、師匠！」

大勢の人の中で、フィンの目にルーベンスが飛び込んだ。興奮状態のパックを振り払って、人を掻き分けながら師匠の元へと進む。

「師匠、マーベリック城は大丈夫ですか？」

ルーベンスにやっと辿り着いたフィンは、一番気になっていることを尋ねた。

「馬鹿者、マーベリック城は陥ちたりしないと言っただろう」

フローレンスが無事だと確信して、フィンは心の中が温かくなった。

ルーベンスは、その様子を見て舌打ちしたい気分になったが、今夜は大目に見ることにする。

その後、全員にワインや飲み物が配られ、キャリガン王太子が乾杯の音頭をとった。

「我が国に侵入しているカザフ王国軍に打撃を与えることはできたが、まだ残党兵が残っている。明日からも、油断することなく頑張ろう！　乾杯！」

「シラス王国、万歳！」

兵達が声を揃えて杯を掲げる。

ウェストン騎士団は、明日からも陸地にいる敵兵を追い払わなくてはいけないし、サザンイーストン騎士団は艦隊との海戦が待っている。侵略を受けた土地の領主達は、被害を受けた住民達とこれから生活を立て直さなくてはいけない。問題は山積みだ。

しかし、今夜は全員がお祝いムードに浸っていた。戦いがまだまだ続くのはわかっていたが、侵攻されてからずっとやられっぱなしだっただけに、この勝利は大きな喜びをもたらした。


翌日からシラス王国の逆襲が本格的に始まった。ノースフォーク騎士団の精鋭部隊の応援を受けて、ウェストン騎士団はカザフ王国軍の残党狩りで連日成果を挙げた。

そして、海上の敵の掃討について、ある提案がなされた。

「このケマン諸島沖の戦いで、カザフ王国の軍艦を一網打尽にしたいと考えています」

軍略会議で、グレンジャー団長が練りに練った作戦を発表した。

海の防衛魔法のお陰で、海上封鎖やパトロールをしなくて良くなったサザンイーストン騎士団は、火と風の魔法体系の魔法使いを各艦に配置し、破竹の勢いでカザフ王国の軍艦をやっつけていた。既に防衛魔法内の艦は狩りつくし、外側で新たに来る艦を叩いている。

だが、圧倒的な国力の差で、やっつけても、やっつけても、次々と新造の軍艦がやってくるのに嫌気がさしたグレンジャー団長は、流石に増艦の勢いがなくなった機を生かそうと、ケマン諸島沖で挟み打ちする計画を立てたのだ。

「そんなに上手く、ケマン諸島沖にカザフ王国の軍艦を集められるのか？」

キャリガン王太子は、一網打尽にできたら嬉しいが、カザフ王国だってわざわざ罠に引っかからないだろうと疑問に思った。

「各艦に配置した魔法使いの力を借ります。風の魔法体系の魔法使いに、西海岸の沖に押し寄せているカザフ王国の軍艦をケマン諸島に追い込んでもらうのです」

グレンジャー団長は、地図の上に置いたカザフ軍の青色の軍艦の模型を、シラス王国の赤の軍艦で囲い込み、ケマン諸島沖に押しやりながら作戦を説明する。

「何故、ケマン諸島沖なのだ？」

ルーベンスは、風の魔法体系の魔法使いを総動員すれば、カザフ王国の軍艦を集めることは可能だと思ったが、ケマン諸島沖を決戦の場に決めた理由が気になった。

「この海流図を見てください。ほら、西海岸の海流はケマン諸島に両側から向かっているのです。魔法使いに風を送り込んでもらったとしても、帆を畳まれてしまっては効果が発揮できません。しかし、海流に乗せてしまえば、たとえ帆を畳んでも軍艦は自然とケマン諸島沖に流れ着くのです。そのため、船乗りの間では、船の墓場と呼ばれています」

そこを今度はカザフ王国の軍艦の墓場にしてやる！　と、優雅なグレンジャー団長にしては珍しく、鼻息荒く宣言する。

「なるほど！　やはり海のことはサザンイーストン騎士団が頼りになる」

キャリガン王太子の承認を受けて、ケマン諸島沖の戦いは実行されることになった。

軍略会議が終わった途端、フィンはルーベンスに詰め寄った。これまでも何回も戦争に協力したいと申し出たが、ことごとく却下されていたからだ。アンドリューやユリアンが協力している治療すら許されず、フィンの不満は溜まっていた。

「師匠、俺もウィニーと作戦に参加したいです！　今回の作戦では、両側からケマン諸島沖にカザフ王国の軍艦を追い込まなくてはいけないんですよ。だから、連携をどう取るのかが重要です。竜の機動力があれば、きっと上手くいきます」

ルーベンスは渋い顔のまま、フィンの熱弁を聞いていた。確かに西と東に分かれてケマン諸島沖に追い込んでいく作戦を成功させるには、タイミングが重要だ。

「だが、お前は海の防衛魔法が負担になっているのではないか？」

ルーベンスの青い眼が、心配そうにフィンを見つめていた。

「そりゃ少しは負担になっていますが、飛ぶのはウィニーですから。俺は、連絡係をするだけです」

グレンジャー団長は西側から追い込む軍団を指揮し、キャリガン王太子はルーベンスと共に東側から追い込む軍団を指揮することになっていた。万が一の時に、王太子をサリヴァンに逃がすために、ルーベンスは側から離れないつもりだ。

「なら、お前は東側につきなさい。ファビアンにはグラウニーと西側についてもらう」

カザフ王国に近い西側の方が危険が大きい。新たな軍艦が現れる可能性が高いからだ。

「グラウニーより、ウィニーの方が上手く飛べます。だから、俺が西側につきます。だって、東側には師匠がいるのですから」

確かにフィンの言うことは正論なのだが、ルーベンスはなかなか頷けなかった。経験の少ない弟子を、自分の目の届かない所で戦争に関わらせたくなかったのだ。

「ルーベンス様、フィン君の協力が必要です」

守護魔法使いと弟子の議論を聞いていたグレンジャー団長が、業(ごう)を煮(に)やして口を挟む。

「ウィニーとグラウニーが連絡係をしてくれたら、きっと連携も上手くいくと思いますよ」

キャリガン王太子も出てきて、竜を活用するだけだと宥めた。

「……フィン、お前は絶対に戦闘に参加しないと約束できるか？」

「はい！」と言い切るフィンを見て、ルーベンスは渋い顔で頷く。

本物の戦闘を前にフィンの心が傷つかないか、気が気でなかった。

ケマン諸島沖の戦いは、秋風が吹き始めた爽やかな朝に開始された。

フィンはウィニーと共にグレンジャー団長のいるプリンストン号に乗り込み、ルーベンスは苦虫を噛み潰したような表情で、キャリガン王太子と共にマーベリック副団長が実際の指揮をとるメトラス号に乗り込んだ。

「そなたはマーベリック城にいるものだとばかり思っていたが……」

ルーベンスは、自分の一族の長であるバーナード・マーベリック伯爵が、敵に囲まれた城を離れているとは考えもしなかった。

「マーベリック城の護りは堅いですからね。息子と家令に任せております」

曲者のグレンジャー団長とフィンを同行させることを心配していたルーベンスだったが、こちらにも野心的な身内がいたので、どちらにしてもサザンイーストン騎士団は厄介だと内心で愚痴った。

ルーベンスがそんなことを考えていられたのは、沖を大きく迂回してカザフ王国の軍団の東に回り込むまでだった。

十二　ケマン諸島沖の戦い

ルーベンス達がカザフ王国の軍団の東側に回り込んだ頃、グレンジャー団長が指揮する西部隊も予定位置に陣取っていた。

「流石に風の魔法使いを各艦に配置できると、機動力が増しますね。フィン君、西部隊は難しい位置にいます。今現在、シラス王国の海岸を航行しているカザフ王国の軍団の西端はここですが、新手が来ないとは限りません。東部隊との連絡をすると共に、我が西部隊の背後も監視してください」

配置についたことを東部隊へ連絡しようと、ウィニーと飛び立つフィンに、グレンジャー団長はもう一つ頼み事をした。

「わかりました。グラウニーと連絡を取ったら、西部隊の背後をパトロールします」

ウィニーを東へと飛ばしながら、フィンは探索の網を広げた。グレンジャー団長が作戦を説明した時のイメージが残っているせいか、自国の西軍団は赤い点に見え、敵のカザフ王国の軍艦は青い点に見えた。

「今のところ、赤の後ろに青い点はないな」

グレンジャー団長は、ウィニーに乗って時々背後もパトロールしてくれと頼んだだけだったが、フィンはついつい魔力を使ってしまう。

その上、グラウニーとの連絡地点の無人島に早く着いたフィンは、さらに時間を短縮しようと思いついた。

「グラウニーは、どこまで来ているのかな？」

探索の網にピカピカと光る点が引っかかる。魔力の塊の竜だ。

『ウィニー、グラウニーを迎えに行こう！』

予定よりも東寄りの地点でウィニーとグラウニーは出会い、お互いに配置についたことを確認した。

「じゃあ、今のところ作戦通りだね」

「やっぱりウィニーは飛ぶのが速いな。でも、無理をしないように気をつけろよ」

ファビアンは、風の魔法体系であるウィニーが飛ぶのを得意としているのはわかっていたが、そうはいっても連絡地点からかなり東で出会ったのが少し悔しかった。

それからも何度か連絡を取りながら、カザフ王国の軍艦をケマン諸島沖へと追い込んで行った。

フィンはウィニーと西部隊の背後を飛行して、カザフ王国の新たな軍艦がいないか確認したり、探索の網を広げたりしているうちに、いつも以上に疲れが溜まってきた。

額に汗が流れるが、ここが正念場だと気を引き締め直す。

「そろそろ、カザフ王国も私達の作戦に気づいたようです」

グレンジャー団長が指し示す通り、魔法の風を送り込まれているのに気づいた船員が、帆を畳んでいるのが見える。

「でも、帆を畳んでも、海流にケマン諸島沖まで流されてしまうんですよね。何か手を打ってきませんかね」

メインマストの帆を畳んで、サブマストの帆で進行方向を変えようと色々試しているのが遠目からもわかった。グレンジャー団長もそれは気になるが、今は作戦の遂行が最優先だ。

「そろそろ最終段階です。西部隊を二つに分けて、包囲しますよ」

東部隊も二つに分かれ、作戦通りならカザフ王国の軍艦を完全に囲い込めるはずだった。

少しずつケマン諸島沖に追い込まれたカザフ王国の軍艦は、お互いの距離も近くなり、頻繁に旗信号のやり取りを行っていた。

東部隊のメトラス号に乗っていたルーベンスは、嫌な予感がした。

「バーナード、注意した方が良い。あちらもみすみす袋の鼠になる気は無さそうだ。追いつめられる前に何かやらかすつもりだぞ」

「グレンジャー団長も気づいておられるでしょうが……ファビアン君に知らせに行ってもらいます」

西部隊と東部隊の距離も近くなったので、すぐに連絡できるようになっていた。旗信号で知らせるより竜の方が速く、多くの情報が送れる。

ファビアンが飛び立った時、カザフ王国の軍艦から一斉に火矢が放たれた。包囲が完成する前に、一艦でも多く損害を与えるべく戦闘を仕掛けてきたように見える。

「自棄っぱちな攻撃だが、何か裏があるのではないか?」

ルーベンスが危惧する間にも、戦闘は続き、サザンイーストン騎士団の優勢は盤石になっていく。

何隻かの敵艦は航行不可能になり、既に白旗を揚げている。東部隊は、白旗を揚げた軍艦に仕官と乗組員を向かわせて、武力解除させたりと忙しい。

勝利を目前にしながらも、ルーベンスは何かが腑に落ちなかった。

「確か旧ペイサンヌ王国は、海軍がもっと強かったはずだ。それは、風の魔法使いを活用していたから……しまった！　奴らはカザフ王国に逃げ帰る艦の煙幕代わりに、戦闘を仕掛けたのだ」

バーナードも同時に叫んだ。

「カイル王子を逃がす気だ！」

これだけの犠牲を払ってまで逃がしたい存在は、この戦争を仕掛けたカイル王子しかいない。

「西に軍艦を隠しているかもしれないぞ！」

すぐに西部隊のグレンジャー団長に知らせたいところだが、生憎とグラウニーはまだ帰って来ていない。ルーベンスは声の届かない所にいる弟子に叫んだ。

「フィン、気を付けろ！」

丁度その時、プリンストン号に乗っていたフィンは、探索の網を再度広げていた。

フィンの頭にはグレンジャー団長のある言葉が引っかかっていた。

次々と撃破したり、降参させたりと、西部隊もサザンイーストン騎士団の圧勝だった。戦闘の熱気にフィンも呑み込まれていたが、その横でグレンジャー団長がポツリと呟いた。

「何故、カザフ王国の軍艦は無謀な攻撃に出たのでしょう?」

フィンもまさかとは思ったが、気になるので確認のために探索の網を広げたのだ。すると、驚いたことに、青い点がいつのまにか後ろに現れていた。

「グレンジャー団長、背後にカザフ王国の軍艦がいます！　ウィニーで確認してきます」

フィンの叫び声で、グレンジャー団長は相手の目的を察知した。

「あの中にカイル王子が乗った軍艦があるのだな。そして、他の軍艦はそれを逃がすために無謀な攻撃を仕掛けたり、早々に白旗を揚げ降伏して、我が騎士団の人員を割かせていたのだ」

曲者のグレンジャー団長は、瞬時にカイル王子が乗っている艦を探し当てた。全く攻撃に参加せず、海流にも流されず、西へと航行している軍艦が一隻あった。風の魔法使いの力で、この海域を抜け出すつもりなのだ。

フィンの言う背後の軍艦は王子の艦と入れ違いに、西部隊目がけて突き進んでくる。

「さて、どうしたものか……」

敵将を討つのは戦争の誉れだ。捕虜にしても高額の身代金を払わせられる。普通の指揮官ならどちらかを選択するのだが、グレンジャー団長は第三の道を選んだ。

「他の新造船を頂き、カイル王子が乗っている軍艦はカザフ王国に帰してやろう」

今は旗を下ろしていてただの軍艦に見せかけているが、ひと目で王子の御座船とわかる重厚な造りだ。重いということは、速度も出ない。足の遅い軍艦にグレンジャーは興味がなかった。

「あの御座船を逃がしてやれば、カザフ王国の軍艦がたんまりと手に入る。それに、旧ペイサンヌ王国の優れた船乗りも入団させられるかもしれないし」

背後に迫っている軍艦との距離を調査してきたフィンの報告を受けて、足の速い二隻を向かわせた。

「逃げている豪華な軍艦には攻撃を加えないようにしろ！　あの御座船にはカイル王子が乗っているはずだからな」

乗組員もフィンも、この命令の意味が理解できなかった。

「シラス王国に戦争を仕掛けた責任者であるカイル王子をみすみす見逃すなんて、何故ですか？」

サザンイーストン騎士団の団員は、グレンジャー団長の判断が理解できなくても、絶対的な信頼を寄せているので問いただしたりしなかったが、フィンは怒りを露わに質問した。

「あの御座船を逃がしたら、カザフ王国の軍艦は攻撃をやめて、白旗を一斉に揚げるからですよ。そうすればお互いに人的損害を防げますし、それに新造された軍艦も手に入りますからね」

「そんな理由で逃がすのですか？」

まだ若いフィンに、グレンジャー団長は噛んで含めるように説明してやる。

「ほぼ大陸全土を支配下に置いているカザフ王国と全面戦争になれば、我が国に勝ち目はありません。国力が違い過ぎるのです。ただ、今回はそうではありません。この戦争はカイル王子の独断で始められたものですから、きっとあちらも長引かせたくないはずです。戦争の責任者を逃がしてやれば、カザフ王国は終戦の条件に彼の首を送ってくるでしょう」

「戦争を早く終結させるために、カイル王子を逃がしたのですか？　俺には理解し難いけど……」

ぶつぶつと、カザフ王国がカイル王子を罰するとは限らないのではないかとか、あれこれ文句を言っていたフィンだったが、グレンジャー団長の予測を証明するように、カザフ王国の軍艦からの攻撃はやみ、白旗が揚がった。

背後の軍艦も、向かわせた二隻の軍艦の働きで、ほぼ無傷で手に入れることができグレンジャー団長は上機嫌だ。フィンは何となく敗北感を覚えた。

「魔法以外にも、もっと勉強しなきゃいけないな！」

ルーベンスがその呟きを聞いたら、満足げに頷いただろうが、離れていたので知る由もなかった。

十三　無理をするからだ！

ケマン諸島沖の戦いは、シラス王国側の圧倒的な勝利に終わった。

各艦に魔法使いを配置したのが、戦闘を優位に進める決め手となった。

「カザフ王国の新造艦が何十隻もほぼ無傷で手に入りました。旧ペイサンヌ王国の乗組員をシラス王国に取り込めたら良いのですが……」

グレンジャー団長は、いつも新しい軍艦の造船を求めていたので、この戦いで思わぬ副産物を手にでき、ほくほく顔だ。

フィンは、グレンジャー団長が軍艦だけでなく、乗組員も取り込もうとしているのに呆れた。

「旧ペイサンヌ王国は、カザフ王国に併合されてもう何十年も経っています。きっと本国への忠誠心も育っているでしょうから、無理なのではないですか？」

カザフ王国は王女を嫁がせては、その国を支配下に置く。特に旧ペイサンヌ王国は、カザフ王国の南西に位置し、最初に併合された国だ。他の間接支配されている王国と違い、今やカザフ王国に吸収されてしまっていた。

「旧ペイサンヌ王国は風読み師を大事にしていました。だから、海軍も強かったのです。でもきっとカザフ王国の支配下では、魔法使いと同じく風読み師の地位も低いはずですから、不満を持つ者も多いでしょう」

フィンは、ロイマールに潜入した時に出会ったシリウス・ゴールドマンを思い出した。

カザフ王国では魔法使いの地位が低く、汚れ仕事を押しつけられるので、発覚しないように隠していた男だ。

「そうか、風読み師は風の魔法体系の魔法使いなんですよね？　カザフ王国は、魔法使いにとって生き難い国みたいです。バルト王国には水占い師がいたし、元々は各国にも魔法使いがいたんだ」

そして、海賊が跋扈する南の島には、フレデリック王の命を繋げている蘇りの呪を使う呪術師がいる。そこまで考えて、フィンは気分が悪くなった。あの穢れた呪の波動を思い出したのと、父親の仇であるゲーリックへの敗北感で胸が詰まる。

「少し見回りしてきます！」

顔色を悪くしてウィニーと飛び去るフィンを、グレンジャー団長は戦闘を目にしてナーバスになったのかと首を傾げて見送った。

「今回は然程人に被害は出なかったのですが……まぁ、初めて戦闘を目にしたのなら気分が悪くなっても仕方ないですね」

フィンは、船酔いのような気分の悪さは、ウィニーと飛べば治ると思っていた。

『フィン？』

『一回りしたら、先にベントレーに帰ろう！　サザンイーストン騎士団が入港できるように、少しだけ防衛魔法を消さなきゃいけないから』

拿捕したカザフ王国の軍艦を率いて航行している、サザンイーストン騎士団を迎える準備をしようと、フィンはベントレーへ向かった。

「フィン！　どうなったのだ！」

ウィニーから降りるのを待ち構えていた、アンドリューとユリアンに質問される。特にアンドリューは、ケマン諸島沖の戦いに参戦できなくて不満だったのだ。

「サザンイーストン騎士団の大勝利です！　カザフ王国の軍艦の多くを拿捕しました」

「それで、カイル王子は？　討ち取ったのか？　それとも捕虜にしたのか？」

フィン達の周りに、留守を預かっていた人達が集まってきた。フィンは、グレンジャー団長の説明を上手く伝えられる自信がなかったので、事実だけを伝えた。

「カイル王子が逃げたので、カザフ王国の軍艦の多くは戦闘をやめて白旗を揚げたのです。おかげで、多くの軍艦を拿捕できました。あっ、大勢の捕虜をどこに収容するのか、ベントレー卿に聞かなくては！」

ケマン諸島沖の戦いはサザンイーストン騎士団に任せ、ベントレー卿はカザフ王国の残党兵狩りのためにウェストン騎士団と共同戦線を張っていた。

「ベントレー卿なら、タドリス河の西へ向かわれたよ。それよりフィン、君の顔色が悪いよ。疲れているようだから、私がウィニーで迎えに行こうか」

「残党兵がいる地域へ行くのは駄目だよ！」

ベントレーの屋敷の外に行こうとするアンドリューを、キャリガン王太子の命に反するだろうと、ユリアンが袖を引っ張って止める。

「大丈夫、俺が行ってくるよ。アンドリュー殿下は、負傷者の受け入れの準備をしていてください」

そう言ってウィニーに跨がり、屋敷を後にした。

フィンは、ウィニーとタドリス河に向かいながら、ベントレー卿を探す。すると、パックとよく似た波動を感じた。

『ウィニー、あっちだよ！』

ベントレー卿を見つけたフィンは、ウィニーを近くに着地させる。

「フィン君、何事だね？　まさかパックかサイラスに何かあったのか？」

息子達を置いてタドリス河の残党兵狩りに加わっていたベントレー卿は、突然の竜の飛来に驚く。

「いいえ、驚かせてすみません。サザンイーストン騎士団が大勝利したのです。多くの軍艦を拿捕したのは良いのですが、捕虜も大勢とりました。どこに収容したら良いのか、ベントレー卿に指示して欲しいと思って迎えに来たのです」

ベントレー卿は、それは大変だとウィニーに乗り込んだ。

戦に勝ったのは嬉しいが、これからのことを考えると喜んでばかりはいられない。収容場所もそうだが、もっと頭が痛いのは食料のことだ。今でさえ被害を受けた地区の住民や、ウェストン騎士団の食事の手配で領地は手一杯だ。その上、今後は捕虜にも食べさせなくてはいけない。

「カザフ王国からきっちり捕虜の身代金をもらわないとやっていけないぞ」

フィンは畑を焼かれたベントレーにとって、捕虜の食事は負担になるだろうと同情した。

サザンイーストン騎士団の軍艦が入港できるように魔法陣を消したり、また掛け直したりしながらも、フィンはパックやサイラスと共に、捕虜を屋敷の一箇所に収容するのを手伝う。

「ふぅ、こんなに大勢の捕虜だとは思わなかったよ」

「士官と乗組員は別に収容するんだね」

やっと西部隊の捕虜を収容し終えたと思ったら、今度は東部隊が帰港する。フィンはまた防衛魔法を消したり掛け直したりと忙しい。

屋敷では、続々と増え続ける捕虜の扱いに混乱が生じていた。

「ええっ、これ以上は無理だよ」とパックとサイラスが困惑していると、新たに命令が下される。

「陸の残党兵と士官は、纏めてマーベリック城に収容するそうだ。今いる捕虜はサザンイーストン騎士団の船に乗せるぞ」

やっと収容した捕虜をまた移動させるのかと、パックとサイラスは、父親のベントレー卿の命に首を傾げたが、フィンはその意図にピンときた。

「グレンジャー団長は、優秀な船乗りを確保したいんだ。だから、カザフ王国人の士官や陸上部隊とは分けたいんだよ」

「船乗りは旧ペイサンヌ王国出身者が多いのか？　でも、そんなに上手くいくかなぁ？」

パックは疑問に思ったようだ。フィンはこっそりと耳元で風読み師を探すようにと教える。

「風読み師？　もしかして旧ペイサンヌ王国には、風の魔法体系の魔法使いがいたの？」

「そうみたいだね。カザフ王国では魔法使いの地位は低いから、シラス王国に協力してくれるかもと、グレンジャー団長は考えているみたいなんだ」

フィンとパックは、捕虜を収容所へと連れて行きながら、風読み師なる魔法使いを探した。

「何人か見つけたけど……後は、グレンジャー団長に任せよう」

士官の部屋が空いたので、そこに風読み師を収容してフィン達は屋敷の広間へと向かった。

「サザンイーストン騎士団のケマン諸島沖の戦いでの大勝利を、そしてウェストン騎士団のカザフ王国の残党兵の撲滅を祝して、乾杯！」

キャリガン王太子、ルーベンス、グレンジャー団長、レスター団長、そして集まった領主達の乾杯の声が、フィンの耳に飛び込んだ。

これで一段落した、とホッとした途端、フィンの胸にまた気持ち悪い感覚が甦り、足元がおぼつかなくなる。

騎士団長や領主達に囲まれて、何杯も酒を飲み干していたルーベンスは、ふと先程までいたはずの弟子の姿が見えなくなっているのに気づいた。

「フィン！」

広間に集まった人々を掻き分けて、ルーベンスは入口付近の壁にもたれて座り込んでいるフィンを見つけた。

「馬鹿者！　無理をするからだ！」

海の上に防衛魔法を掛けているだけでも負担なのに、連絡係どころか捕虜の収容などの雑用までした弟子を抱き上げて、ベッドまで運ぶルーベンスだった。

十四　南の島へ！

ルーベンスにベッドまで運んでもらったフィンは、クドクドとお説教を食らった。

「お前という奴は、何度、魔法を使い過ぎたらいけないと言い聞かせても、聞く耳を持たないのだな！　この耳は飾（かざ）りか？　違うな、この頭が私の言葉を素通りさせるのか？」

　フィンを心配して顔を覗かせたパック達は、上級魔法使いのあまりの剣幕（けんまく）に首を竦めて退散（たいさん）したが、キャリガン王太子とグレンジャー団長は、その場に残って諫（いさ）める。

「ルーベンス様、そんなにフィンを叱らないでやってください。今回の戦いで大勝利をおさめられたのは、フィンが海上に防衛魔法を掛けてくれたからです」

　自分の説教を遮ったキャリガン王太子をギロリと睨むルーベンスを、グレンジャー団長も取りなす。

「そうですよ。それにフィン君とファビアン君が西部隊と東部隊の連絡係をしてくれたので、この作戦が上手くいったのです」

　ルーベンスは二人に反論しようとしたが、フィンが倒れたと聞いたルーシーがスープとパンを運んできたので、口を閉じた。

「パックから、フィンは食事もしてないと聞いたわ。さぁ、少し食べたらゆっくりと休んで」

　フィンは、食べるより眠りたいと思ったが、大人しくスープにパンを浸して食べる。いつもは食欲魔人のフィンがのろのろと食べる様子に、ルーベンスは心配そうな視線を送る。

　キャリガン王太子も、フィンの消耗ぶりが気になった。

「グレンジャー団長、カザフ王国はまた攻めてくるだろうか？」

「かなりの軍艦を拿捕しましたし、大勢の乗組員も捕虜にしました。元々のカザフ王国の海軍は弱いですから、旧ペイサンヌ王国の乗組員をこれだけ失った以上、早々に艦隊を派遣できるとは思えませんね」

「なら、海の上の防衛魔法は消しても大丈夫だろうか？」

グレンジャー団長は、しばらく考えて同意した。

「今はサザンイーストン騎士団も西に集結していますし、先程申し上げた通り、カザフ王国も新たな艦隊を派遣できないでしょう。フィン君の健康も大切ですからね」

ルーベンスは黙って聞いていたが、二人が自分と同じ結論に達したので頷く。

「フィン、海の上の防衛魔法を消しなさい」

フィンは、スープを飲んで瞼が重たくなり、ズルズルと横になりかけていたが、ガバッと起き上がる。

「大丈夫です！　だって、被害を受けた人達がせっかく安心しているのに、消したりできません」

ルーベンスは、頑固な弟子に言い聞かせる。

「あの魔法陣には何か欠点があると思うのだ。バルト王国のラザル師はもっと大掛かりな魔法陣を日常的に維持している。なのに、お前ときたらどうだ？　その消耗ぶりは尋常ではない。国情が落ち着いたら、魔法陣を基礎から習う必要があるだろう」

フィンも一日で習った魔法陣なので、何か習い損ねているのかもと首を捻る。

「わかりました。今度は腰を据えて魔法陣を習いに行きます」

上級魔法使いと弟子の話が終わったので、キャリガン王太子はフィンに海の上の防衛魔法を消すように命じた。

「はい、でもまた攻撃があったら掛けますよ……あっ、そうか！　俺はいちいち魔法陣を描いて、そして消していたんだ。でも多分、バルト王国の魔法陣はそうじゃない……」

岩窟都市のカルバラにテムジン山脈から水を引く魔法陣を思い出し、自分が掛けた魔法陣との違いの一つに気づいた。

「うむ、恒久的にその場に留まる魔法陣には、何か違いがあるのかもしれぬな。だが、今は眠りなさい」

フィンをベッドに横にさせると、ルーベンスは眠りの術を掛けた。

深い眠りに落ちたフィンの額をソッと撫でて、ルーベンスはこれからの作戦を話し合うために、キャリガン王太子とグレンジャー団長と会議室へ向かった。

「グレンジャー団長、南の島へ海賊討伐に行くぞ！」

キャリガン王太子は、ルーベンスの突然の宣言に驚く。

「何故ですか？　確かに今回のカザフ王国の侵攻では海賊にも略奪されましたが、まだ我が国には遠征する程の余裕はありません」

グレンジャー団長も驚いたが、ルーベンスが理由もなくそんなことを言い出す訳がないと信じていたので、話のなりゆきを見守る。

「今なら、各艦に魔法使いも配置してあるから、海賊共を一掃する良い機会だと思ったのだ」

確かに、魔法使いがいれば、航行速度が速くなるし、戦闘でも優位に立てる。しかし、二人はそんな言葉では納得しなかった。

「ルーベンス様、それは、被害を受けたこの西海岸を離れて南の島へ行く理由としては弱過ぎますよ。海賊討伐の他に、何か別の目的があるのではないでしょうか？　もしかして、フレデリック王の病に関連したことですか？」

何かに勘付いた様子を見せたグレンジャー団長を、ルーベンスは睨みつける。

「守護魔法使いが戦時下の国を離れるのです。もう少し、納得できる理由をください」

キャリガン王太子にも強い口調で言われて、ルーベンスは渋々口を開く。禁じられた呪について知っている人が増えると、それを利用しようとする者が出てくるのではと危惧しているルーベンスは、広めたくなかったのだ。

「この件は、そなた達二人の胸の中にしまい、公言をしないと誓って欲しい」

青い眼に睨まれ、グレンジャー団長は頷く。

「ルーベンス様、父王には報告いたしますよ。それはお許しください」

ルーベンスもマキシム王には教えても良かろうと許可を出した。

「フレデリック王の命はもう切れている。それを、蘇りの呪で永らえさせているのだ。王都ロイマールはその呪の影響で、闇に沈んでおる。王宮から黒い闇が伸びて蠢き、動物や人の命をフレデリック王に注いでおるのだ」

キャリガン王太子とグレンジャー団長は、あまりの悍ましさにゾッとして、口をなかなか開けなかった。

「それと南の島へ行くのは、何か関係が……あっ、呪術師を探しに行くのですね！」

海賊討伐のために何度も南の島へ航海したグレンジャー団長は、呪術師の噂を聞いたことがあった。

「そんなことができる呪術師など、本当にいるのですか？」

懐疑的なキャリガン王太子に、ルーベンスは肩を竦める。

「私も実際にロイマールで蘇りの呪を見るまでは、呪術師など荒唐無稽な噂だと思っていた。しかし、呪が実在する以上、必ず呪術師もいる。もし解く術があるとすれば、知っているのも呪術師だけだ。それに、禁じられた呪の使用をこれ以上見逃せば、必ず後に続く者が現れるだろう。それだけは防がなければならぬ」

敵国の王都が闇に堕ちようと、キャリガン王太子は一向に構わなかったが、禁じられた想に取りつかれているフレデリック王の治世がいつまでも続くなんて、考えただけでゾッとする。

「そんな呪が使われているのを放置できません。グレンジャー団長、南の島へ海賊討伐に向かいなさい！」

「了解です。しかし、フィン君は疲れているようですし、彼の回復を待って出航いたしましょうか？」

「いや、フィンは連れて行きたくない。若者を穢れた呪に近づけたくないのだ。それに、カザフ王国でこの蘇りの呪を掛けている魔法使いは、フィンとの因縁が深い。知ればきっと、自分で呪を解くなどと言い出しかねん。この件にあやつを関わらせるのは良くないのだ」

因縁と聞いて、キャリガン王太子はあることを思い出した。アシュレイ魔法学校の代々の上級魔法使いや校長が埋葬されている墓所に、新たに小さな墓が建てられたとの報告を以前に受けた。その墓は確かフィンの父親のものだった。卒業生でもなく、何年も前に死んだはずの人間の墓が何故あるのだろう、と不思議に思っていたのだ。

「それはフィンの父親の死と何か関係が……」

ルーベンスにギロリと睨まれて口を閉じたキャリガン王太子だったが、それで事の次第には見当がついた。他国の人間がフィンの父親を殺害したのだ。アシュレイの子孫の保護をもっと厳重にするべきだと気持ちを固めた。

「あやつを置いてロイマールへ行きたいが、流石にそれは納得しないだろう。だが、蘇りの呪について何も知らなければ、付いて来たところで関わることもできまい。それに、あの魔法使いとも……兎に角、さっさと出発だ！」

グレンジャー団長は、即断、即行動の人だ。会議が終わるや否や、西海岸の警備の艦を残して、すぐに南の島へと出航した。

フィンは、目覚めた時、今が朝なのか、夕方なのかわからなかった。それほどまでに熟睡していたのだ。

「うう〜ん！　よく寝た！」

ベッドの上で伸びをすると、お腹がグ〜ッと鳴る。寝る前にルーシーにスープとパンをもらったけれど、食べ盛りのフィンは腹ぺこだ。

「あれ？　師匠はどこかな？」

台所へ向かいながら、フィンは常に感じている師匠の気配がないのに気づいた。

「フィン、もう良いの？」

台所に着くと、ルーシーが大勢の手伝いの人と一緒に、大鍋をかき混ぜていた。捕虜の分まで増え、てんてこまいのようだ。

「うん、もう大丈夫。それにしても凄い量だね」

「そうなのよ。塩漬けの肉や穀物、あと芋類は、ウェストン騎士団の備蓄品や援助物資があるから大丈夫なんだけど、野菜は不足しちゃっているの」

フィンは、ルーシーに芋だらけのシチューを大皿にいっぱいもらって食べながら、パックを連れて、後でウィニーと買い出しに行こうかな？　と呑気に考える。

そこへ丁度、パックが捕虜達の食事を運ぶために、台所へ顔を出した。

「やぁ、フィン！　もう大丈夫なの？」

「うん、大丈夫だよ。それより、師匠はどこへ行ったの？　もしかしてマーベリック城？」

カザフ王国の士官や陸上部隊の捕虜は、マーベリック城に収容されることになったので、師匠も様子を見に行ったのかとフィンは考えていた。

「えっ、ルーベンス様は……」

サイラスに目配せで注意されて、パックは口を閉ざす。

パックがはっきりしないので、フィンはサイラスに直接聞く。

「師匠はどこへ行ったのですか？」

「ええっと、それはフィン君には教えてはいけないと、父から言われているんだ」

その言葉で、フィンはルーベンスがどこへ行ったのかわかった。

「師匠！　俺を置いて南の島へ行ったんだ！」

パックやサイラスの制止を振り切り、フィンは竜舎へ走る。

「あ、フィン、もう平気なのか？」

竜達の世話をファビアンと一緒にしていたアンドリューにラッセル、そしてラルフは、いつもと様子が違うフィンに驚く。

「師匠が俺を置いて南の島へ行ったんだ！　俺も行かなきゃ！」

ウィニーに乱暴に鞍を付けるフィンを、ラッセルは止める。

「ルーベンス様がフィンを置いていったのは、フィンが疲れているからじゃないのか？　休養が必要だと思われたんだよ」

親友の忠告も、今のフィンの耳には届かない。

「フィン！　待ちなさい」

騒ぎを聞きつけて、キャリガン王太子も竜舎にやって来た。

「キャリガン王太子、師匠は俺を置いて禁じられた呪について調べに行ったんです。きっと、自分一人でゲーリックをやっつけるつもりなんだ。でも、そんなことはさせない。だって、あいつはお父さんの仇なんだから！」

キャリガン王太子は、フィンの真剣な目に気圧され、ウィニーと飛び去るのを見送った。

「お父さんの仇」という言葉にハッと目を見張ったラッセルとラルフは、どうやら事情を知っているようなので、事情は彼らから聞くことにした。

『ウィニー、兎に角、南の方角に飛んで！』

フィンが寝ている間に、軍艦はかなり南へ航海していた。風の魔法を使っているからだと気づき、舌打ちする。

『あっちだよ！』

探索の網を南へ南へと広げると、ルーベンスの気配を感じる。

ウィニーはぐんぐんと速度を上げ、あっという間に軍艦に追いついた。

「師匠、酷いじゃないですか！」

プリンストン号の甲板にウィニーと降りた途端、フィンはルーベンスに文句を言う。

「馬鹿者！　また朝露に光る蜘蛛の巣のように探索の網を広げよって。少しは魔力を節約することを覚えぬか」

「そんなこと言ったって、師匠が俺を置いて行くから悪いんじゃないですか！」

「ぐうすか寝ているから、起こしては可哀想だと思った私の優しさを無駄にするのか！」

「絶対に付いて行きますからね！」

ルーベンスは、頑なフィンに苛立つ。

「駄目じゃ！　ウィニーとベントレーへ帰って、捕虜の食事でも配っておれ！」

「そんなのは、後からでもできます。今は禁じられた呪について調べる方が大事です」

「お前をロイマールに連れて行きたくないという私の気持ちがわからないのか！」

「やっぱり一人でロイマールに行くつもりだったんですね。ゲーリックは強いですよ。もし師匠が倒れたら、シラス王国はどうなるのです？　俺が側にいれば、必ず師匠を帰国させられます」

　甲板での師弟の口喧嘩をサザンイーストン騎士団員は呆気に取られて聞いていたが、グレンジャー団長はいつまで経ってもやみそうにないので間に入った。

「ルーベンス様。フィン君を追い返しても、またウィニーと飛んで来るから無駄ですよ」

　ルーベンスは苦虫を噛み潰したような顔をした。

「勝手にしろ！」

「わかりました。勝手に師匠に付いて行きます！」

　こうしてサザンイーストン騎士団の艦隊は、フィンを乗せ、南の島へ海賊討伐に向かうことになった。

「ルーベンス様、船室で休まれるのですか？　では、フィン君、早く海賊を討伐したいので、お願いしますね」

　自分の思うようにならず不機嫌なルーベンスの代わりに、帆に風を送るよう、グレンジャー団長は抜け目なくフィンに頼んだ。

十五　呪術師探し

「なかなか呪術師なんて見つかりませんね」

いちいち軍艦を島に停泊させたりはしないが、フィンとルーベンスはウィニーで虱潰しに調査していた。

前にバルト王国との同盟騒ぎから逃げ出したルーベンスを探した時と同じ要領で探索するのだが、結果はかんばしくなかった。

「何となく、この島は怪しいなぁ」

「ううん？　そうですか？」

魔力の波動を知っているルーベンスを探すのは簡単だったが、見知らぬ呪術師を見つけるのはフィンには難しかった。

「お前は……まぁ、呪術師かどうかはわからぬが、魔法が使える人間がいるのは確かだ。降りて調査してみよう」

「大きな島ですし、呪術師じゃなくても、治療師ぐらいはいるかもしれませんね」

姿を消したウィニーと人気のない砂浜に降り、木陰で待っているように頼む。

「どこで聞き込みしようかな？」

「酒場に決まっとる！」

「師匠、お酒の飲み過ぎは駄目ですよ」

ルーベンスは島の噂が一番集まるのは酒場だと言い張ったが、フィンは単に酒が飲みたいだけではないかと疑っていた。

島の酒場では、朝からの漁を終えた島の男達が何人か飲んでいた。ルーベンスは、楽器を持って来なかったのを少し後悔したが、酒場通いは慣れている。

カウンターに座ると、酒場の主人に一番良い酒を注文する。

「この島の特産品の火酒を一杯」

フィンは、火酒がどんな酒かも知らなかったが、名前からしてきついに違いないと眉を顰める。

「へいよ、火酒を知っているだなんて通だね。そちらの兄ちゃんは？」

「何かジュースをもらうよ」

主人は酒場でジュースを注文したフィンに肩を竦めたが、椰子の実をナイフでパンパンと削り、そこに竹のストローを刺して出した。

「甘いね！」

フィンが椰子の実ジュースを飲んでいる横で、ルーベンスは小さなグラスに注がれた火酒をグイと飲み干して、お代わりを頼む。

「この火酒は絶品じゃな」

「そうでしょう！　これだけはあいつらに飲ませないように、隠しているんでさぁ」

主人の言う「あいつら」が海賊を指していると、ルーベンスとフィンはピンときた。

「こんな上等な火酒が飲めるとは嬉しいのう」

「お客さん、酒がわかっているねぇ。ワインやヤグー酒が良いって奴もいるけど、火酒が一番だと俺は思っているぜ。ところで、この島に何をしに来たんだい？　夏のバカンスも終わる時期だろうに？」

「若い頃なら一夏のアバンチュールを求めて南の島へ旅行もしただろうが、この歳になったら人が多い時期はうるさいだけじゃ。のんびりとした旅は、皆が仕事や学校に戻った時期が良いのさ」

裕福な老人が若い付き人を連れて旅をしているのだろうと、酒場の主人は金の匂いを嗅ぎとる。

「さぁ、もう一杯」

「美味いのう。ところで、私は魔法使いの研究を長年しておるのじゃ。南の島には呪術師がいると聞いたのだが、何かご存知ないかな？」

酒場の主人は、上等な酒を注文してくれたルーベンスの質問に首を捻る。

「呪術師ねぇ……この島にも呪術師がいたと、俺のお婆さんは言っていたけどなぁ。今はとんと聞かないね」

フィンは、もしかして治療師ぐらいはいるのではと思って粘る。

「病気になったら、どうしているのですか？」

「お札を煎じて飲むのさ」

「お札？」

フィンとルーベンスは、もしかしたら呪術師の技かもと期待したが、見せてもらったお札には何の魔力も感じなかった。

「あんたら呪術師なんかに何の用だい？」

「何か良からぬことを考えて呪術師を探しているんじゃないか？」

主人との会話を耳にした男達に取り囲まれたが、ルーベンスは涼しい顔で金貨を一枚出す。

「いや、噂に聞いてちょっと興味を持っただけですよ。さぁ、お騒がせしたお詫びに酒を奢ります」

這々の体で酒場を出た二人は、この島も無駄足だったと肩を落とす。

「呪術師は嫌われているんですかね？」

「いや、恐れられているのだろう。それにしても治療師もいないとは解せぬな」

シラス王国のように魔法使いを優遇する国でなくても、魔力を持つ人はどんな国にも一定数いる。

「フィン、これも修業の一つだ。呪術師か治療師がいないか、探してみなさい」

フィンは探索の網を島に広げた。

「あれ？　何だろう？　空白の地区が見える」

「馬鹿者、それは呪術師が自分を隠しているのじゃ！　お前も自分の気配を消す時には、こんなヘマをしないように気をつけるのじゃぞ」

フィンは、そんな失敗はしないと師匠に文句を言いながら、空白に見えた地区へ向かった。

しばらく行くと、森に突き当たり、足を止める。

「あれ？　道が途切れている」

「フィン、もう少し落ち着いて観察してみなさい」

フィンは、何か魔法で道を隠しているのかと、ジッと見つめてみた。

「魔力は感じませんけど……少し先が空白になっている場所ですから、このまま藪を突っ切りましょう」

ルーベンスは、ちゃんと観察してみろ！　と雷を落としたくなったが、深呼吸してフィンに任せる。海の上に防衛魔法を掛けた弟子の成長を感じていたからだ。

森に近づいたフィンは、ふと妙な点に気づいた。

「あっ、これは椰子の葉を編んだ物で道を隠しているんだな。魔法の痕跡ばかり探していたから、気がつかなかったよ」

やっと気づいたかと、ホッとしたルーベンスだったが、そこからもヒヤヒヤする羽目になる。

「わぁ！」

椰子の葉の垣根を横に退け、無防備に進んでいたフィンは、穴に落っこちそうになった上に、縄を踏んで木にぶら下げられそうになった。

「もう、何なんだよ！」

ルーベンスは、それでもフィンが罠に掛からなかったので良しとしようと我慢していたが、木の上から椰子の実を投げつけられ、さらにフィンが大騒ぎしているのを見てプチンと切れた。

「そこの呪術師、こんな真似はもう沢山だ！」

直後、何かが落ちる音がして、フィン達の目の前に人影が現れた。

ジャラジャラと首飾りを付けた男が、見えない巨人に吊り下げられたように空中でジタバタしている。

「あっ、前にバーリン先生にされたのと同じだ。へぇ、こうやるんだ！」

　魔法学校に入学した当時、アレックスと授業中に喧嘩してバーリン先生に吊り下げられたのを思い出し、感心しているフィンだったが、男に手に持っていた最後の椰子の実を投げつけられ、頭に当たりそうになった。

「降ろせ！　俺は海賊船になんぞ乗らないぞ！」

「私達は海賊ではない。静かに話し合うなら、降ろしてやろう」

　フィンは椰子の実を拾い、いざとなったら投げ返してやろうと構えている。ルーベンスは、どう見ても男の魔力は下級魔法使いぐらいしかないのに、むきになるフィンはどこか間抜けだと呆れた。

　男は、フィンが持っている椰子の実に警戒しながらも、二人が海賊ではないなら、お客かもと笑顔を見せる。

「海賊じゃないのなら、どこか具合が悪いのか？　お札を買いに来たのか？」

　どうやら会話が成立しそうだと踏んだルーベンスは、男を地面に降ろす。

　それに合わせてフィンも椰子の実を降ろしたが、今度は何の効果もないお札を売っているのかと腹を立てる。

「インチキなお札なんかに用はないよ」

「何だって！　インチキなんかじゃないぞ！」

　ルーベンスは、呪術師について尋ねに来たのに、それを忘れて喧嘩するフィンを見て、頭が痛くなった。

「だって、何の効力もないお札じゃないか！」

「効力はあるさ！　ほら、この二日酔いのお札にはウコン、腹痛にはカンゾウ、食べ過ぎにはサラシア、頭痛にはケイヒを染み込ませてあるのさ」

男は近くにあった小屋からお札を取り出して、フィンの鼻先で振る。酒場のは古くなっていたからか匂いが飛んでいたが、このお札からは薬草の香りがした。

「へぇ、薬草を染み込ませているんだ」

「そうだよ！　俺は腕の良い治療師なんだぞ」

さほど魔力も無さそうなのに治療師と名乗った男を、フィンは大丈夫なのかと疑う。

「でも……実際に患者を診ないと、薬草は選べないんじゃないの？　同じ腹痛でも、消化不良と下痢とでは与える薬草も違うでしょ？」

「まぁ、俺も本当は直接診た方が良いとは思うけど、村に出たらあいつらに見つかるから、仕方ないんだよ。あっ、お前らは海賊じゃないと言ってたけど、本当か？　まさか海賊に味方する呪術師じゃあるまいな？」

「違うよ！」

「さっき、俺を吊り下げたじゃないか。あんなことは普通の治療師にはできないぞ！」

「それは師匠が……兎に角、俺達は呪術師じゃない。呪術師を探しているんだよ」

ルーベンスは、このままでは話が進まないと割って入る。

「お前は、海賊から逃げていると言ったが、あいつらは魔力のある者を捕まえて協力させているのか？」

「海賊には関わりたくない！　それに見知らぬ人間に話す義理もない。お札を買わないなら、帰ってくれ！」

男が話すのを渋るので、ルーベンスは酒場から火酒を一瓶、移動魔法で取り寄せる。勿論、代金に金貨を一枚送っておいた。

「あんたは酒の味がわかる人だと思うのだ。これを飲みながら海賊のやり口を教えてくれないか？」

ルーベンスが上着（うわぎ）の下から取り出した火酒に、男は興奮した。

「火酒じゃないか！　こんな高級な酒を奢ってくれるのか？　あんたは本当に海賊じゃないんだな。あいつらは酒なんて酔えれば良いものだと思っているから、安い酒しかくれないんだ。俺はジャディーン！　さぁ、こちらに」

招（まね）き入れられた小屋の乱雑（らんざつ）さにフィンは眉を顰めたが、ルーベンスは表情を一切変えず、酒場からグラスも取り寄せ火酒を飲む。流石にジャディーンの汚れたコップで飲む気にはならなかったのだ。

「うう〜ん、美味いなぁ」

火酒を一口飲んだジャディーンは、抜け目なく二人を観察する。

「あんたらはシラス王国の魔法使いだな。カザフ王国では魔法使いの地位は低いから、こんな上等な酒を人に奢る金は持ってないはずだ。それに他の国の連中は、遠いからここまでは来ない」

ルーベンスは、否定しなかった。今は身分を隠すより、確実な情報を持ち帰る方が重要だからだ。

「今、シラス王国は海賊を討伐しに遠征している。そこで呪術師が討伐の邪魔にならないか、懸念しているのだ」

もっともらしい嘘を織り交ぜながら、ルーベンスは情報を与える。

ジャディーンは、手を打って喜んだ。

「海賊を討伐してくれるのか？　そりゃ、ありがたい！　そうなりゃ俺の島に帰れるかもしれないなぁ」

「ジャディーンはこの島の住人じゃないの？」

フィンは、酒場の男達が自分達を取り囲んだのは、このジャディーンを庇っていたからではないかと思い始めていたので驚いた。

「まぁ、この島でも治療師として暮らしていけるけど、それほど長くは住んでない。ある日突然海賊に捕まえられて、船に乗せられたんだ。俺は風を操るのは苦手だから船の仕事は凄く疲れるし、奴らの性根(しょうね)の悪さにもうんざりして、この島に停泊した時に逃げ込んだのさ」

ジャディーンを観察すると、土の魔法体系に属することがわかる。風を帆に送るのは確かに苦手だったのだろうとフィンは頷く。

「他にも魔力を持った者が海賊に捕まっているのか？　その中に呪術師はいるのか？」

ルーベンスは、もう一杯火酒を注いでやりながら、質問する。

「俺の他にも捕まった奴はいたけど、そんなに多くはなかったぜ。それに海賊だって、呪術師なんかに手を出したりしないと思うぞ。だって恐ろしいじゃないか！」

呪術師について何も知らないのかとルーベンスはがっかりする。

「呪術師なんて、本当はいないんじゃないの？」

もう少し情報を引き出そうとフィンが挑発し、少し酔ったジャディーンが反発する。

「ふん、呪術師にかかったら、シラス王国の魔法使いなんか赤子(あかご)の手を捻るようなものさ！　海賊船に呪術師を知っているって奴がいたぜ。そいつが言うには、死者も蘇らせるし、島の住民全員を呪い殺せるんだそうだ」

「そんなの噂話だろ？」

「違うさ！　南のルミナス島には本物の呪術師がいるんだってさ。でも、海賊も手を出せないほど、恐ろしい存在なんだよ」

ルミナス島！　前に海賊の本拠地だと聞いた場所だ。ルーベンスとフィンは顔を見合わせる。

火酒の残りをジャディーンに与えて、二人はウィニーが待っている浜辺へと急ぐ。

「きっと海賊の本拠地にあいつも行ったはずだ！　そこで蘇りの呪を知ったんだ！」

ゲーリックのことになるとどうしても冷静さを欠くフィンを心配しながら、ルーベンスはウィニーとプリンストン号へ向かった。

十六　ルミナス島

ルーベンスから呪術師がルミナス島にいるかもしれないという情報を聞かされたグレンジャー団長は、ニヤリと笑った。

「海賊の本拠地を叩くのがこの遠征の目的ですから、丁度良いですね」

道中、海賊船を見つけては戦闘になったが、魔法使いを有したサザンイーストン騎士団は流石に強く、一方的に撃破していった。しかし、海賊達の抵抗も激しく、戦いは凄惨なものだった。

「何で海賊なんかになるんだろう？」

ケマン諸島沖の戦いでも死傷者は出たが、カザフ王国の艦隊はカイル王子が戦線離脱したのを見るとすぐに白旗を揚げたので、こんなに悲惨にはならなかった。

海賊に容赦する必要がないのは、フィンもわかってはいたが、やはり多くの死を目にすると平静ではいられない。

「奴らは、カザフ王国から私掠船の許可を得ている。元々、海賊だった者もいるだろうが、引き入れ易くなったのかもしれぬな」

「私掠船だなんて言っても、海賊ですよ。やはり、フレデリック王のやり方は間違っています。でも、その命令を取り消せるフレデリック王は意識がない……。今カザフ王国を操っているゲーリックを何とかしなきゃ！」

フィンは、ギュッと手摺を握りしめた。

ルーベンスは、多くの死を目にしたフィンを気遣うと同時に、旅を進めるにつれてゲーリックへの執着を深めているのが心配でならない。

話題を逸らすために、新しい指示を出す。

「ルミナス島以外にも呪術師はいるかもしれない。フィン、ウィニーと調べて来なさい」

ウィニーと飛び立つフィンを見送ったルーベンスは、やはり南の島へ連れて来なければ良かった、と深い溜め息をついた。

その後、フィンは何人か治療師を見つけたが、ルーベンスと調査した結果、昔は呪術師がいたらしいという噂以上のものは得られなかった。

「あまり頼りにならないが、ジャディーンが言ったルミナス島にいるという噂が、最も詳しい手掛かりだったな」

ルミナス島には元から行く予定なので無駄足にはならないが、もう少し信憑性の高い情報を手に入れたかった、とルーベンスはぼやく。

「ジャディーンはいい加減な治療師だけど、海賊は嫌っているし、呪術師も恐れていたから、嘘をついたとも思えないけど……。もし、ルミナス島にいなかったら、もっと南へ探しに行きましょう！」

ひとくくりに南の島と呼ばれているが、島々は南北に点在している。中でも、北側の島は大陸の影響が大きい。南側に行くにつれて、独特の文化が根付いているようにフィンは感じた。

「そうじゃのう。ルミナス島より南にも多くの島があるからな」

サザンイーストン騎士団は、海賊船を討伐しながら本拠地のルミナス島へと航行を続け、ついに近辺まで到達した。

「どうやら、明日にはルミナス島に到着しそうです。今日の内に、ルミナス島の周辺に艦隊を配置して、海賊どもを一網打尽にしますよ！」

グレンジャー団長は、自分の考え通りに各艦に魔法使いを配置でき、海賊を討伐し放題なので上機嫌だ。

「では、今夜はルミナス島の沖で停泊か……」

ルーベンスは、夜の内にウィニーとルミナス島の上を飛んで、呪術師の存在を確認したいと考えた。本拠地への攻撃が激しくなるのは目に見えているので、翌日では危険だと判断したのだ。

「海賊も呪術師を恐れているとジャディーンは言っておった。もし海賊とは違う地区に隔離されているのなら好都合だ。そこで蘇りの呪のことを聞きたい」

夜になり、フィンとルーベンスは、ウィニーに乗ってルミナス島の上へ向かう。

『島の上に着いたら、姿を消さなきゃいけないよ』

『わかっているよ』

島に着く前だというのに、フィンは強力な魔力を感じた。

「やはりルミナス島に呪術師がいたんですね」

ルーベンスは、ウィニーにもう少し下を飛ぶようにと頼む。

「呪術師かどうかはわからぬが、中級魔法使い以上の魔力を感じる。どこにいるのかわかれば、会いたい」

港には何隻もの海賊船が停泊していたので、フィンはまず反対側から調べる。

『あっちから飛んでみて』

空から見下ろすと、反対側は海賊の本拠地の島とは思えない、長閑な漁村や畑が点在していた。この辺に住んでいてくれたらとルーベンスは願っていたが、どうも違うようだ。

「もしかして、海賊と同じ場所で暮らしているのか？」

港の近くには大きな建物が何軒かあり、きっとそこが海賊達のねぐらや、倉庫になっているのだろうとルーベンスは考えていた。

「フィン、少し上から建物を偵察してみよう。呪術師にバレないようにな」

フィンも嫌な予感がしていたので、注意深く探索の網を広げる。

「うっ、この感じは！」

海賊の本拠地であろう建物が、フィンの目には黒い影に覆われているように見えた。

「呪術師があそこにいるらしいな。それにしても、この禍々しさは何じゃ！」

ルーベンスはもう少し調査したかったが、ウィニーが嫌がった。

『ここは嫌だ！　気分が悪くなる！』

魔力の塊である竜は、本拠地から立ち上る黒い影に影響を受けやすいのかもしれない。

ルーベンスは、フィンにプリンストン号に帰るように命じた。

『ウィニー、大丈夫？』

甲板に降りたフィンは、ウィニーを気遣う。

『うん、大丈夫だけど……何だか汚れた気がする。海水浴したいよ』

『周りは海だから泳いできたら良いんじゃない？』

ウィニーは、フィンと一緒に泳ぎたいんだと強請る。

『戦争だから仕方ないけど……その前から、フィンったらサリン王国に行ったと思えば、バルト王国へ行って、その後はカザフ王国。ちっとも一緒に遊べないじゃないか！』

ウィニーには、カザフ王国に迎えに来てもらったり、海の上に防衛魔法を掛けるのを手助けしてもらったりと、自分の都合に付き合ってもらったのに、こちらからは何も返してやれていない。フィンは気遣いが足りなかったことを反省した。

『わかったよ。師匠に許可をもらうね』

とはいえ、決戦前なので頼み難い。フィンは恐る恐るルーベンスに声を掛けた。

「師匠……」

「わかっている。ウィニーと海水浴に行って来なさい。くれぐれも海賊に捕まったりするんじゃないぞ」

「そんなヘマはしませんよ！」

フィンは喜んで駆けて行き、ウィニーと一緒に夜の海へ向かった。

「ルーベンス様、何かルミナス島に異変があったのですか？」

海賊の本拠地から感じた禍々しさについて一人考え込んでいたルーベンスに、後ろから声が掛かる。グレンジャー団長が偵察から戻ったのに気づいて、出迎えに来たのだ。ルーベンスは丁度良いとばかりにグレンジャー団長を船長室に引っ張って行く。

「用心した方が良い。ルミナス島には呪術師がいるようだ」

「それは、前にうかがいましたが……まさか、海賊に協力しているのですか？」

ルーベンスは、腕を組んで唸った。

「海賊の本拠地からただならぬ気配がした。良からぬ呪が行われているのかもしれない」

シラス王国を百年以上も守護している魔法使いの言葉を、グレンジャー団長は重く受け止めた。

「予定通り、今夜はルミナス島の沖で待機しましょう。怪しい罠に引っ掛かるのは御免ですからね」

「うむ、もう少し様子を見た方が良さそうじゃ」

港に停泊している海賊船など、サザンイーストン騎士団にとっては格好の獲物だが、夜間に奇襲はかけず、朝まで待つことにした。

ウィニーの気晴らしに付き合ったフィンは、師匠からルミナス島への攻撃は明日の朝になったと聞いたが、ホッとするどころか、何故か背中にゾクゾクと悪寒が走った。

「お前も嫌な予感がするのか？　私もじゃ」

「今すぐ攻撃した方が良いのでしょうか？」

ルーベンスは、何か禁じられた呪が掛けられているのを察知していたが、それがどのようなものか全くわからないので、決断できずにいた。

「禁じられた呪について、私は無知なのだ。トラビス師は、潔癖なまでに嫌っておられたからな。じゃが、こうして害をなすとわかっているのに、何も対抗策を打てないのはまずい。明日には間に合わずとも、呪術師について、詳しく調べる必要がある」

フィンは、ウィニーの気分が悪くなるような呪に関わりたくないと不満そうな顔をした。

「蘇りの呪についてだけ調べれば良いんじゃないですか？」

「そうも言っておられぬようじゃぞ！」

フィンは、ルーベンスの視線の先に目を向けた。

「ゲッ、気持ち悪い！」

ルミナス島から黒い風が沖へと吹いていた。その黒い風は、サザンイーストン騎士団の艦隊を呑み込んでいく。

十七　呪術師！

「わぁ〜！」

ルミナス島から吹く黒い風に呑み込まれたサザンイーストン騎士団の軍艦で、乗組員達が喉を掻きむしって倒れていく。

「これは呪術師の技に違いない！　フィン、あの黒い風を島に返すぞ！」

ルーベンスは深呼吸して、黒い風を島へと送り返す。フィンは、ウィニーに飛び乗ると、空から黒い風を押し返す。

「ルーベンス様、これはいったい！」

「ルミナス島の呪術師の仕業じゃ。被害を受けた乗組員達は治療を受けさせろ。黒い風は私とフィンで島へ送り返した。海賊達も被害を受けているかもしれんぞ！」

機を見るに敏なグレンジャー団長は、被害を受けていない艦の乗組員を総動員して、ルミナス島へ総攻撃を掛けることにする。

「フィン、空から黒い風を吹き散らすのだ！」

港に押し返した黒い風をこのままにしておいては、またこちらに来るかもしれない。フィンは、黒い風に近づかないように注意しながら、海の上へと撒き散らしていく。

「これなら大丈夫だろう！」

グレンジャー団長は、ルーベンスの言葉を受けて命令を発する。

「ルミナス島の海賊を撲滅するぞ！」

艦隊はただちに船を島に寄せ、夜の闇にまぎれて上陸する。

海賊達は、押し返された黒い風に呑み込まれ、バタバタと倒れていた。そこへサザンイーストン騎士団が襲いかかり、一方的に殲滅していく。

「師匠、呪術師が殺されたりしたら、蘇りの呪について聞けなくなるんじゃ」

ルーベンスは、海賊は捕まれば死罪と決まっているので、最後まで諦めずに戦うだろうと考えていた。まだ若いフィンに悲惨な戦場を見せなくなかったし、やはりゲーリックの元へは自分一人で行きたいと思っていたので、フィンにプリンストン号に残るように言いつける。

「私が本拠地へ行って呪術師を探そう。お前はウィニーとプリンストン号で待っていなさい」

「嫌です！　師匠に付いて行きます！」

思わず拳を振り上げたルーベンスだったが、決意の固い緑の瞳に負け、手を止めた。

「この頑固者め！　死体を見て悪夢にうなされても知らぬぞ！」

フィンだって戦場に行きたい訳ではない。でも、ここで行かなければ、ルーベンスに一人でロイマールへ行く口実を与えてしまう。

フィンとルーベンスは、ウィニーで海賊の本拠地に降り立った。

「まだ抵抗している海賊もいる。気をつけるのじゃぞ！」

フィンは、地面に横たわる海賊の死体を踏みつけないように、注意しながら進む。

「具合が悪いなら、プリンストン号へ帰りなさい」

「大丈夫です。それより、呪術師を探さなくては！」

フィンは、師匠に付いて行くには心を強く持たなくてはいけないと覚悟を決めた。

「どうやら、呪術師はこの建物の中のようじゃ、まだ戦闘が続いておるが、そんなことにかまっておれぬ」

本拠地に立て籠もった海賊は、サザンイーストン騎士団にどんどん攻め立てられて、地下と屋上とに分断されていた。

「どうやら、呪術師は地下にいるようだ」

フィンとルーベンスは、騎士団の後ろから地下へと急ぐ。

「何だ！　なんてこった！」

地下室に先に入った団員から、悲鳴が上がった。

追いついたフィン達が見ると、海賊にも恐れをなさない団員達が、驚愕し青ざめた顔で、鉄格子を前に二、三歩後ずさっている。そこは、海賊達が拉致して来た女子どもを奴隷として売る前に置いておく、牢になっていた。

そのうちの一つの牢の床に、何人もの女子どもの死体が転がっていたのだ。

「呪術師かも！」

フィンは、団員達を掻き分けて、扉を魔法で開け、地下室に飛び込んだ。死体の首は無残に斬られ、その血を集めたらしき木のバケツが部屋の真ん中に転がされていた。

「こんな……酷い！」

ルーベンスは、その場に残された死体からフィンの目を逸らしたくて、自分の胸に頭を抱き寄せた。

「お前は、外で待っていなさい」

牢の外に出そうとしたが、フィンは首を振る。ルーベンスの側から離れる気は無さそうだ。

「お前は……」

誰一人生きた者がいないと思われた部屋の隅で、頭から血を浴びた老女が息をしているのに気づいたルーベンスは、彼女が呪術師に違いないと悟った。

「お主が呪術師か！」

老女は、黒い風を返されたことで、自分に呪が返り、瀕死の状況だ。蘇りの呪について早く聞かなければとルーベンスは焦る。

「あなたが呪を返したのか……」

見事な真珠と珊瑚の首飾りを掛けた老女の白髪は血に染まっていた。

「そうだ！　何故、こんな残虐な呪を掛けたのだ！」

白く濁った目で側に横たわる子どもの死体を見て、呪術師は、涙を一筋流した。

「私が殺したのではない。幼い子どもだけでも救いたいと庇ったのだが、無駄だった。海賊に孫娘を人質に取られ、協力を強制されたのだ……。呪術師と名乗ってはいたが、今まで呪を掛けたことはなかった。それが誇りだ。だが、その志も汚れてしまった……さぁ、この魂と共に旅立とう！」

老女は、子どもの死体の横に転がされていた刀を素早く拾うと、自身の胸に突き立てた。

「待て！」

ルーベンスは、老女の胸に手を当てて、どうにか治療しようとしたが、呪を返された時点で死に瀕していた呪術師は、二度と目を開くことはなかった。

「ウィニーと偵察した時に、この場所を魔法で攻撃すれば、こんな犠牲を払わずに済んだのではないか？　まだ失われていない命があったかもしれぬのに、私は慎重に行動することを選んでしまった……」

「師匠……」

ガックリと床に膝をつくルーベンスの肩にフィンが手を置く。その温かさに励まされ、ルーベンスは立ち上がった。

「これで呪を解く手がかりがなくなったかもしれぬな……。だが、私の命を懸けてでも蘇りの呪は止めるぞ！」

「師匠、まだ行っていない島もあります。きっと何か見つかりますよ」

前向きなフィンの言葉に苦笑したルーベンスは、この場の犠牲者を海賊達とは別に弔うように、団員達に指示を出した。

階段下から上を見たルーベンスは、魔法の波動を感じて首を傾げる。

「どうやら上の方に逃げ込んだ海賊も討伐されたようだが……なんじゃ？　ただならぬ気配がするぞ」

「わっ！　何か火の玉みたいなものが、凄い勢いでこちらに来ています」

魔力を探索したフィンには、暗い地下牢への階段を、怒りに燃える火の玉が転げ落ちて来るように見えた。ルーベンスは、魔法を使える海賊が攻撃しにきたのではないかと心配になり、階段を上ろうとしたが、ダダダダタダダと鳴る物凄(ものすご)い音に驚き、一瞬棒立(ぼうだ)ちになった。

「お婆ちゃん！」

ルーベンスに長い髪の毛を翻(ひるがえ)した少女が激しくぶつかって、共に階段を一、二段、転げ落ちた。

「師匠、大丈夫ですか？」

フィンが階段から転げ落ちたルーベンスを気遣っている間に、火の玉のようにぶつかった少女は牢の中へ飛び込んだ。

フィンが牢を見ると、少女は「お婆ちゃん！」と叫んだきり、惨状(さんじょう)を前に固まってしまっていた。

「ここは女の子が来る場所じゃないよ」

日焼けした顔が、今は真っ青になってブルブル震えている。少女は、牢の中の死体を見てショックを受けたのだろうと心配するフィンを振り切って、部屋の隅で亡くなっている老女を抱きしめて泣き出した。

「お婆ちゃん、私が言いつけを守らず村から出たせいだね。海賊に捕まったから……ごめんね！　……ごめん！　こんな酷い呪を掛けたくなかっただろうに……」

自分の服で血に汚れた老女の顔を拭き、頭を胸に抱きしめて慟哭している少女を、ルーベンスとフィンは無言で見つめていた。

「お婆ちゃん、私も……」

ひとしきり泣いた少女は、老女の胸に突き立てられた刀を引き抜き、自分の胸へと向けた。

「何をするんだ！」

フィンは、少女の手から刀を奪い取る。

「死なせて！　私のために、お婆ちゃんは……それに、こんなに多くの人が死んだのよ。私だけ、おめおめと生きてはいられないわ！」

少女の黒い眼から涙が溢れて止まらない。フィンは、少女を抱きしめて「死んでは駄目だよ」と何度も何度も言い聞かせた。

その間に、サザンイーストン騎士団は、残りの海賊を撲滅した。少女は、本拠地の中にある海賊の部屋に軟禁されていたと、ルーベンスは団員から聞いた。

「どうしたら良いのかな？」

フィンは、泣き止まない少女に困りきっていた。

「この子の世話を頼めるかな？」

夜が明けると海賊達がやられたとの噂を聞いて、島の住民達が恐る恐る集まってきた。

騎士団にも負傷者が多く出たので、フィンは少女を村の女の人に託して、治療することにする。

「島の密林に逃げ込んだ海賊がいるかもしれない！」

この機会に海賊を根絶やしにしたいと、グレンジャー団長は密林や農家も虱潰しに探させる。

フィンは、負傷者の治療をしながらも、あの少女が立ち直ってくれれば良いけど、と願っていた。

十八　呪術師の孫・マドリン

「隠れていた海賊も全員捕まえました」

大戦果を上げて上機嫌なグレンジャー団長と違い、折角の手掛かりを失ったルーベンスは落ち込んで機嫌が悪かった。

「フィン君は、流石にルーベンス様の弟子だけありますね。治療してもらった団員達の回復は目覚ましいです」

その話の流れがどこに行き着くのか察したルーベンスは、黙ってその場を立ち去った。

一人しかいない弟子を、サザンイーストン騎士団に渡す訳がない。

島に逃げ出したルーベンスは、いくら憎い海賊とはいえども遺体を焼く煙を見たくないと、空から目を背け、浜辺をずんずん歩いていた。

「やっと呪術師を見つけたというのに、私の目の前で死なせてしまった。何か他にやり方があったのではないか！」

苛立ちをぶつけるようにルーベンスは、早足で歩く。その前に、フィンがウィニーと舞い降りた。

「師匠、どこに行ったのかと思いましたよ！」

治療に駆け回っていたフィンに疲れた様子がないので、少し安心したルーベンスだったが、今は一人でいたい気分だ。呪術師を目の前で死なせたこと、そして呪によって大勢の女子どもが亡くなったことを後悔していたからだ。

「お前はウィニーと海水浴でもしていなさい。島の反対側なら、静かなものだろう」

シッシッと追い払われても、フィンはめげない。落ち込んでいる師匠を放っておけない。

「あっ、あの少女が師匠を探しているって聞きましたよ。港の付近の人に聞いたんだけど、あの子はマドリンっていうんだってさ。お婆ちゃんが亡くなって、独りぼっちになったんじゃないかなぁ。どうやって暮らしていくんだろう？」

ルーベンスの頭に、ある考えが閃いた。

「それをさっさと言わんか！　早く港へ行け！」

ウィニーに跨がりながら、ルーベンスは怒鳴る。

「あの時はそれどころじゃなかったけど、マドリンって魔力がかなりあると思うんだ。もしかして……」

気が急いていたルーベンスは、フィンの頭に拳骨を落とし、「急げ！」と叫ぶ。

頭を擦りながら、フィンはウィニーに『急いで！』とお願いした。

『フィン、大丈夫？　ルーベンス、フィンを殴らないでよ』

ウィニーから苦情を言われて『わかったから、急いでくれ！』とルーベンスは、うっかりとフィンを殴らないと約束してしまった。

竜は約束を破らない。それゆえに竜と約束すると破ることは厳禁なのだが、ルーベンスは知らなかった。竜との約束がルーベンスに染み込んだが、この時は禁じられた呪について孫娘が何か知っているかもとの期待で、気にしなかった。

「マドリンのお婆さんの埋葬をするって聞いたけど……あっ、あそこだ！」

港から少し離れた場所で、黒い風の呪を掛けるために犠牲になった女子どもの埋葬が行われていた。その小高い丘からは海が見渡せ、島の住民の墓が何個か立っていた。

『ウィニー、近くに降りてくれ。姿を消して、静かに降りるのだぞ』

ルーベンスは、竜に慣れていない参列者を驚かせたくないと思い、ウィニーに指示を出す。

二人は、墓地に近づきながら、埋葬が終わるのを待つ。

「何だか、人が少ないですね……」

「犠牲になった人達はこの島の住人ではなかったのだろう。きっと、海賊が奴隷として売ろうと攫ってきた女や子どもを……」

フィンは、許せない！　と、拳を握りしめた。そこに集まっていた少ない人は皆、呪術師だった老女の埋葬に参列し、祈りを捧げて去っていった。

マドリンは、参列してくれた住民に黙って頭を下げていたが、最後の参列者を見送った後、ルーベンスを見つけて駆け寄ってきた。

「貴方がお婆ちゃんの呪を返したの？」

フィンは、師匠を責める気なのかと、口を挟もうとする。

「師匠は……」

しかし、ルーベンスに強い眼差しで制されて、フィンは口を閉じた。

「そうじゃ。私が見つけた時には、貴方のお婆さんは瀕死の状態だった」

マドリンは、ルーベンスに手を振り上げた。フィンは、咄嗟に師匠を押しのけて間に入る。

「そちらが先に黒い風の呪を送ったんじゃないか！　あのままじゃ、皆死んでしまうところだったんだ。だから、仕方ないじゃないか！」

マドリンの振り上げた手は、フィンの胸に力なく当たった。

「でも、お婆ちゃんはそんな呪なんか本当は掛けたくなかったのよ！　貴方がお婆ちゃんを殺したんだわ！」

マドリンがルーベンスを責める言葉を吐きながらも、本当は海賊に捕まった自分を責めているのが、フィンにもわかった。何故なら、マドリンの黒い眼から涙が、後から後から零れ落ちていたからだ。

ルーベンスは、マドリンに優しく話しかける。

「呪を返したのは私だ。だが、私はお婆さんの死を望んではいなかった」

「嘘よ！　呪を返せば、返された呪術師が傷つくのは誰でも知っているはずよ。まして、あんな呪を返されたら……お婆ちゃんを殺したのは貴方よ！　……いいえ、お婆ちゃんを殺したのは私なんだわ……」

マドリンが草の上に座り込み、身体を二つに折って泣くのを、ルーベンスとフィンは困惑しながらも、しばらくはそのままにしておいた。少し冷静になってくれないと話どころではない。

海からの風がマドリンの黒い髪を撫でた。ふと、マドリンは頭を上げて、風の吹く方に目を向ける。

「お婆ちゃん……もう泣くなって言っているの？」

フィンとルーベンスには何も見えなかったが、マドリンはまるでそこに祖母がいるように話しかけ、風が流れていく海をしばし眺めていた。

激しく泣いて、鼻も目も真っ赤なマドリンに、ルーベンスはハンカチを差し出す。

「貴方のお婆さんは、禁じられた呪を一度も使ったことがないのが誇りだと言っていた。それを破ってしまったのを後悔しているとも……」

マドリンは自分が海賊に人質に取られたからだと、また涙を零したが、ルーベンスの差し出したハンカチを受け取ると、涙を拭いて、鼻をかんだ。

「お婆ちゃんの最期を聞きたいの。呪返しで瀕死の状態だったのはわかるけど、死因は刀で胸を刺したからでしょ。まさか、貴方が？」

「いや、さっきも言ったが、私はお婆さんの死を望んではいなかった。呪術師を探していたのでね。お婆さんは、自分の呪のために犠牲になった魂と共に、旅立つことを選んだのだ」

マドリンがルーベンスの言葉に悲しそうに頷く。

「お婆ちゃんなら、あんな犠牲を出して、そのままではいられないと思ったでしょう。私も……」

フィンは、マドリンがまだ死にたいと思っているのかとヒヤヒヤする。

「私も死んでお詫びしたいと思ったけど……お婆ちゃんはそれを喜ばないと考え直したの」

マドリンは、すっくと立ってルーベンスと向き合った。

「呪術師を探していると言ったけど、何故なの？」

「禁じられた呪を使っている者がいる。それはあってはならないことじゃ。その呪を消す方法を求めて、この島までやって来たのだ」

マドリンは、何を聞いても祖母の死を思い出し、涙が溢れ出たが、それをハンカチで乱暴に拭(ぬぐ)うと、ルーベンスを黒い瞳で睨み返した。

「本当に？　呪術師から禁じられた呪を手に入れて、自分のために使うつもりなんじゃないの？」

「違う！　誓っても良い！」

ルーベンスの青い瞳とマドリンの黒い瞳の間で、魔力がぶつかり火を噴きそうだ。

フィンも説得に加勢する。

「師匠と俺は、カザフ王国のフレデリック王の命を、蘇りの呪で永らえさせている魔法使いを止めたいんだ。カザフ王国は敵国だけど、王都ロイマールはこのままじゃ闇に堕ちちゃうんだ。そんなことはあってはいけないんだよ！」

マドリンは、ルーベンスから眼を離すと、くたくたと草の上に崩れ落ちた。

「師匠と睨み合うだなんて、とんでもない女の子だね」

フィンは、マドリンに手を差し出し、助け起こしてやる。

「お爺(じい)さんと貴方が嘘を言っているようには思えないわ。でも、もっと説明して欲しいの」

呪術師の墓の前で、三人は座り込んで話すことになった。その墓が石に名前を彫(ほ)っただけの質素な物であるのを見て、フィンは自分の家族の墓を思い出した。

「お婆さんの名前は……ソワン……」

「そう、治療師という意味がある名前なの。お婆ちゃんは、そのまたお婆ちゃんから呪術師の技を習ったけど、一度も呪を掛けたことはなかった。それで、貴方達は誰なの？」

呪術師の孫娘にルーベンスは本名を名乗る。死をもって罪を償(つぐな)うような責任感のある呪術師に育てられた彼女なら、信用して良いと思ったからだ。

「私はシラス王国の守護魔法使いのルーベンス。こちらは弟子のフィンだ」

マドリンは、眼を真ん丸にする。

「シラス王国の魔法使い！　あのアシュレイがいた国の魔法使いなのね！　お婆ちゃんから聞いたことがあるの。国を護るために防衛魔法を掛けたんでしょ。本当に、そんな凄いことをしたのかしら？」

そのアシュレイの子孫であるフィンは、お尻がこそばゆくなる。

ルーベンスは「その通りじゃ」と言葉少なく肯定した。

マドリンは、大きな溜め息をついて話し始めた。

「この島も、前は平和だったのよ。でも、数年前から海賊達が島にやって来るようになったの。それまでは港の近くに住んでいたんだけど、危ないからお婆ちゃんと山の中の村に引っ越したわ。村から出てはいけないと何度も言われていたのに……幼馴染に会いたくなって……」

自分が言いつけを守らず海賊に捕まったから、祖母が恐ろしい呪を掛ける結果になったのだと、マドリンは犠牲になった人の墓に向かって泣きながら頭を下げる。

「悪いのは海賊だよ！　俺の国の畑や家も焼いたんだ！」

「海賊が悪いのはわかっているわ。だから、関わらないようにお婆ちゃんは気をつけていたの。海賊が入らないように村に結界を張ったりしていたのに……」

自分を責めて泣くマドリンに、フィンは困り果てる。ルーベンスも同情したが、このままでは埒があかないので、先を促す。

「それで、私を探していたのは何故なのかな？」

「お婆ちゃんの最期を知りたかったの……それと……」

マドリンは、涙を流しながら、上着の下から薄い魔術書を取り出した。

「この魔術書をどうするべきか、私なりに悩んだの。私は呪術師になる気はないから、お婆ちゃんのお墓に埋めようかと思ったんだけど……また禁じられた呪が使われたら、必要になるかもしれないし……」

ルーベンスは、その魔術書を手に入れたいと欲したが、マドリンが決心するまで待つ。

「貴方はお婆ちゃんに呪返しした相手だけど、それだけの能力を持った優れた魔法使いでもある。私がこの魔術書を持っていたら、もっと魔力の強い人に奪われてしまうかもしれない。そんなの駄目なのよ。お願い、禁じられた呪が使われた時に、それを解除するためにしか開かないと誓って！」

ルーベンスは、マドリンの手を取って誓う。

「この魔術書を安全に保管することを誓う。禁じられた呪が使われて、それを解除する時にしか、この魔術書を開かない。私が死んだ後は、このフィンが魔術書を保管する」

フィンは、師匠の死など考えたくもなかったが、一緒にマドリンに誓った。

「俺も絶対に禁じられた呪なんか使わない。呪が使われ、それを解く時にだけ魔術書を開くよ」

マドリンは、祖母の墓の前で誓ってくれた二人なら、魔術書を悪用しないだろうと納得して、手渡した。

「貴方達なら信用できるわ。前に村に来た男とは違うもん。お婆ちゃんは、酔って禁じられた呪についてうっかり話したことをずっと後悔していたの……痛いわ！」

フィンは、その男がゲーリックに違いないと直感し、マドリンの両肩を掴むと揺さぶった。

「その男は白髪混じりの金髪じゃなかったか！」

「フィン、冷静になりなさい」

ルーベンスに注意されて、フィンはマドリンの肩から手を放した。

「そう、白髪混じりの金髪の男だった。村人全員にお酒やご馳走を振る舞って、お婆ちゃんを油断させたの。お婆ちゃんは、お酒に弱かったのよ。……もしかして、カザフ王国で蘇りの呪を掛けているのってそいつなの？　お願い、絶対に止めて！」

フィンは、ゲーリックなら愛想の良い男に見せかけるのも得意だろうと腹を立てる。

「あいつは俺の父親の仇なんだ。俺の時だって、しゃあしゃあと家まで遺品を届けに来て、魔法使いがいないか確認したんだ。俺が見つかっていたら殺されたかもしれない。絶対にあいつを止めてやる！」

マドリンは、フィンと男の深い因縁に驚いた。

「そんな悪い奴だったんだ！　気をつけてね」

ルーベンスは、激しい怒りを燃やすフィンを、内心で危惧する。今回の一件で、フィンの憤りに拍車がかかったのではないか、と気が気ではない。

そんなルーベンスをよそに、フィンはマドリンの今後について尋ねる。

「それで、マドリンはこれからどうするの？　お婆ちゃんが亡くなって……治療師をしていたのに参列者も少なかったでしょ。もしかして、海賊に手を貸したからなの？」

「うん、お婆ちゃんはいっぱい治療したけど、最後に呪を使って死んだから、恐れて来ない迷信深い人も多いの。呪術師は死んでからも人を呪うと思ったんでしょう。でも、迷信だけとは言えなかったのかも……お婆ちゃんはさっき風になって、海へと消えたから。勿論、お婆ちゃんは人なんか呪わないけどね」

フィンとルーベンスには見えなかったが、マドリンにはあの時、やはり祖母の姿が見えていたのだと驚く。

「そんなんじゃあ、島で暮らしにくいんじゃない？」

マドリンは肩を竦める。

「呪術師の孫だと恐れる人もいるかもしれないけど、私はこの島で治療師をして暮らすつもりよ。海賊もいなくなったから、この島も平和を取り戻すわ。皆も気持ちが落ち着けば、きっとお婆ちゃんが立派な治療師だったと思い出すわよ」

「そっか、じゃあ機会があったら、シラス王国の王都サリヴァンにある、アシュレイ魔法学校を訪ねて来てね」

「そんな遠くまで行くことはないと思うけど……でも、もっと修業したくなったら寄らせてもらうわ。まだ、お婆ちゃんから習っている途中だったから」

ルーベンスは、マドリンが魔法学校を訪ねてきたら優遇すると約束した。中級魔法使い以上の魔力を持っていたからだ。

「この書付（かきつけ）を渡せば、私達が留守でも入学できる」

マドリンは、ルーベンスがサラサラと書いた紙をもらい、どこから紙とペンを取り出したのか首を傾げる。

「じゃあ、絶対にあの男を止めてね！」

マドリンは、遠くから心配そうにこちらを見ていた、親戚（しんせき）のおばさんの元へ走り去った。

それを見送った二人は、待っていたウィニーに乗ってプリンストン号へと戻る。

十九　呪返し

マドリンから呪術師の魔術書の保管を頼まれたルーベンスとフィンは、プリンストン号に帰り、船長室に籠もった。

「フィン、この魔術書は慎重に扱わなくてはいけない。ゲーリックが良い例だ。禁じられた呪を興味本位で聞き齧り、それを危機が訪れた時に使ってしまったのだ。あの蘇りの呪を解くのに必要な箇所だけ読むことにしよう」

フィンも余計な知識を持つ危険性を感じていたので、ルーベンスに同意する。

「俺は禁じられた呪なんか知りたくないです。でも、蘇りの呪の解き方は一緒に読みますよ。師匠一人でロイマールには行かせられませんからね」

相変わらず頑固なフィンにルーベンスは舌打ちし、魔術書の上に手を置く。ルーベンスも余計な呪など知りたくなかったので、魔法で蘇りの呪について書かれている頁を探し出す。

「ここじゃな！」

ルーベンスが開いた頁には、蘇りの呪の掛け方が図入りで書いてあった。

「ゲッ！　気持ち悪い！」

図に描かれた不気味な人形に、フィンは本能的に拒否反応を示して叫んだ。

「お前は読まなくても良いのだぞ」

ルーベンスも怖気を感じたが、顔には出さない。

「いいえ、読みます！」

　フィンは、青い顔でルーベンスと共に魔術書を読んだ。

「マドリンのお婆さんは、あまり字が上手じゃなかったのかな？　綴り(つづ)が違うから読み難いよ」

　こんな真剣な場面なのに、間抜けなことを口にしたフィンに、ルーベンスは呆れる。

「馬鹿者！　マドリンのお婆さんが書いたものではない。これは古語で書かれておるのじゃ！」

「げっ、古語か！　あれ、でも古語にしても綴りが違うような……あっ、そうか！　帝国が大陸を統一する前の古語なんだ」

　ルーベンスはいつものようにフィンに拳骨を落とそうとしたが、ウィニーに殴らないと約束したのを思い出し、小言に変えた。

「お前にはこの魔術書を読む資格がないのではないか？　古典と歴史の勉強をやり直せ！」とルーベンスに小言をもらいつつ、フィンは苦労しながら魔術書を口に出して読む。

「『蘇りの呪を掛けるには、それに相当する命の代価が必要になる。その血を流し、蘇らせたき人に注ぐのが一番効果的ではあるが、それが難しき時には命の道を築(きず)く必要がある』……あの黒い影がこれなんですね」

　ルーベンスとフィンは、蘇りの呪の掛け方の詳しい表記に、どんどん気分が悪くなっていくが、我慢して読み続ける。

「『命の道を蘇らせたき人に繋ぐには、呪術師が常に側にいなくてはならぬ。故に、血を流せし場所に呪術師の身代わりとなる形代を埋め、命の道を継続せしめること』……形代って何でしょう？」

ルーベンスは、無言で図を指差す。

「げっ、この気持ち悪い人形が形代ですか！」

ルーベンスもその図は見たくなかったが、作り方が小さな字でみっちりと書き込んであるので、目を通さざるを得ない。フィンも渋々、その不気味な形代の作り方を読む。

「『土で人型を作り、そこに呪術師の血を注ぎて、それを自らの形代となす。それを血が注がれし地に埋め、命の道を築くのだ』……あやつ、こんな不気味な真似を……」

ルーベンスは、呪返しの方法が読む前にピンときた。

「この形代を壊せば良いのじゃな！」

頁を捲っていないのに、師匠は呪返しの方法がわかったのかと、フィンは驚いた。

「なら簡単ですね！　何箇所もあるはずですから、師匠と二人で手分けして、不気味な人形を壊して回りましょう！」

早合点したフィンに苛ついたルーベンスが、魔術書の続きを読み上げる。

「馬鹿者、最後までちゃんと聞きなさい！『呪返しをする者は、その命を懸けねばならぬ。形代を破壊せしめるには、呪を返す者の血を注ぎて、命の道を断ち切るしか方法は無し。その途中で、呪返しする者の命が途切れれば、それは命の道を通りて、蘇りの呪を掛けた呪術師のものとなる』」

フィンは、ロイマールにのたうつ黒い影が何本あったのか思い出し「駄目です！」と叫んだ。

「あれだけの数の形代に血を注いだら、失血死してしまいます。そうだ、おれの方が師匠より若いから……」

「お前に任せる訳にはゆかぬ！　私の代わりをしようなんて百年早いわ！」

フィンは、こんな無謀な呪返しをさせられないと、魔術書に手を伸ばす。

「他のやり方があるかもしれません。もっと読んでみましょう！」

ルーベンスは、フィンが魔術書の頁を捲ろうとする手を止め、取り上げた。

「フィン、これしか呪返しの方法はないのだ。お前は、シラス王国に残りなさい」

フィンは、ルーベンスが覚悟を決めたのがわかった。

「嫌です！　師匠がもし出血で気絶したら、俺がシラス王国に連れて帰ります！　それにウィニーでロイマールに行った方が早いですよ」

言うことを聞かないフィンを、ルーベンスは怒鳴りつける。

「ウィニーでロイマールに乗り付けるのか！　さぞかし、大勢の兵士が集まるだろうな。

呪返しをするどころか、矢や槍が飛んでくるのを防ぐだけで終わってしまうだろう」

フィンだって負けていない。師匠に怒鳴り返す。

「ウィニーには姿消しをさせます。ゴールドマン商店の倉庫の上なら平らだし着地できますよ。それに、王宮の倉庫の位置もわかっているし……兎に角、師匠を一人では行かせません。そうだ、俺がウィニーで先に行けば良いんだ！」

ルーベンスは、フィンに竜の卵を与えたことを初めて後悔した。置いてきぼりにしても、ウィニーと追いかけて来るのは、今回の南の島への遠征で明らかだったからだ。

「お前は私の弟子だ。一度ぐらい素直に言うことを聞いてはどうだ！　ああ、何故、こんな生意気な小僧を弟子にしたんだろう。ロバの方が頑固じゃないぞ。お前はロバより頑固な石頭じゃ！」

フィンは、その物言いから師匠が折れつつあるのがわかったので、悪口を言われても平気だ。だが、あまりにルーベンスが悪口を言い続けるものだから、ついつい言い返してしまう。

「俺だって師匠の言うことを素直に聞いて、竪琴や太鼓を練習したじゃないですか！」

「なんじゃと！　あれで練習したと言えるのか？　お前の耳は、カエルの歌もオペラに聞こえる特別製なのだな」

そこからはやれあの旅ではどうだった、あの唄は聞いていられるものじゃなかったなど、ルーベンスの嫌味が延々と垂れ流されることとなった。

魔法使いではなく、吟遊詩人の師としての文句の方が長い。フィンは、二度と師匠の前では竪琴や太鼓のことを愚痴らないでおこうと決心した。

文句をひとしきり言ったルーベンスは、ようやく話を戻した。

「早く蘇りの呪を消したいが……」

チラリとフィンを見ると、真っ直ぐルーベンスを見返してきた。その目から、一瞬たりとも師匠の側を離れないという覚悟を感じ、ルーベンスは折れた。

「ベントレーに帰ったら、ロイマールへ向かうぞ！　それまで、お前は竪琴の練習をしておきなさい」

フィンは、「何故、魔術の修業ではなく、竪琴の練習なんだ！」と文句をつけたくなったが、師匠がやっと自分を連れて行くと言ったので堪える。

ルーベンスは、この前倒れたフィンに魔力を使わせたくなかったので、竪琴の練習をさせようとしたのだが、練習が始まると下手な演奏に我慢できず口を出す。

「ほら、もっとしっかりと練習しろ！」

つい手を振り上げてしまうが、ウィニーと気楽に約束した言葉がルーベンスを縛りつける。

「師匠？」

いつもなら拳骨を食らうところなのに落ちてこないので、フィンが変だと見上げる。

「どうやらウィニーとの竜の約束が、私を縛っているようじゃ。お前も竜と約束する時は慎重にな」

この後、フィンはルーベンスから拳骨をもらうことはなくなったが、小言は倍になり、どちらがマシかわからなかった。

二十　混乱のロイマール

フレデリック王の命を得ずに勝手にシラス王国と戦争し、しかも敗北したカイル王子は、港に着いた途端、捕らえられて王都ロイマールまで護送された。

「父王に会わせて欲しい」

敗戦の将とはいえ第三王子なので牢などには入れられず、王宮の一部屋に軟禁されていた。そのせいか、この時点になってもカイル王子は、自分の失態をどうにか弁解できると思っていた。実際にカイル王子を後継者に推す貴族もまだおり、王宮に嘆願書を携えて訪れていた。

「チッ、あんな失態を演じたカイルにもまだ味方がいるのか！　やはり、母親の実家のガラナー伯爵辺りが裏で手を回しているのだろう」

嘆願書を持った貴族が来るのを窓から見下ろし、第一王子ルードは毒づく。

フレデリック王は、何人もの側室を持っていたが、その中でもカイル王子を産んだ側室は身分が高かった。

身分の低い側室から産まれたルード王子は、イザベラ王妃が産んだボンクラな第四王子オットーや、ガラナー伯爵令嬢が産んだカイルを前から嫌っていた。

「兄上、ここは二人で手を組みましょう」

その横にいるのは、第二王子のアンソニーだ。

彼は、いずれはルードも蹴り落とさなくてはいけないとしても、まずは有力なライバルであるカイルとオットーを潰すまでは協力しようと、手を差し伸べる。

「お前が派遣されているタリア王国から、どのくらいの日数で軍隊を集められる？」

手を結んだ二人だが、心から信頼している訳ではないので、お互いの手の内を探り合う。

ルード王子とアンソニー王子の野心と猜疑心が強いのは、フレデリック王からの遺伝だ。

フレデリック王の息子とは思えないほどおっとりしているオットーを除けば、王子達は皆同じ穴の貉である。

「さぁ、兄上のモンデス王国よりは派兵は楽だと思いますが、西の端のタリア王国から出兵しようにも、海上輸送するための軍艦がシラス王国に拿捕されてしまったので……」

アンソニーは具体的な日数については言及しない。伏せておくに越したことはないからだ。

二人が遠い地に派遣されたのは、イザベラ王妃が裏から手を回したからだ。ルード王子は苛立って鼻を鳴らす。

「ふん、あの王冠を被った女狐め！　どうせならカイルも僻地に追いやってくれれば良かったものを。旧ペイサンヌ王国なんて海軍の強い近場に派遣したから、こんなことになったのだ！」

「そちらは、やはりガラナー伯爵が手を回したのでしょう。兄上、モンデス王国からの援軍は難しいですか？」

「テムジン山脈越えはキツい。バルト王国へ使者を出したが、奴らはシラス王国と手を結んだようだ」

北のモンデス王国から援軍を派遣してもらおうにも、間にはテムジン山脈とバルト王国がある。この両方を越えなければ、本国には辿り着けない。

ルードは、麻薬漬けのジェームズ王が治めるサリン王国を併合できていたら、海からカザフ王国へ派兵するのも楽だったのにと舌打ちする。

「ふうむ、お互いに派遣された国からの援軍は今すぐには期待できません。こうなったら、まずは敗戦の責任をカイルに取らせましょう。でも、ガラナー伯爵に恨まれるのは御免ですね。ロイマールには彼の仲間の貴族が多いですから」

「そうだな。それには、ガラナー伯爵に憎むべき敵を作ってやらなければな」

二人の王子はニヤリと笑った。自分達の手を汚すことなく、イザベラ王妃を利用してやろうと思ったのだ。


だが、ルード王子やアンソニー王子に唆されるまでもなく、イザベラ王妃は邪魔なカイル王子を始末しようと動き出していた。イザベラ王妃にとって、自分が産んだオットー王子以外は全て邪魔者なのだ。失敗を見逃す気は更々ない。

「ゲーリック、そこを退きなさい」

フレデリック王の寝室の隣部屋で、イザベラ王妃は、苛立ちをゲーリックにぶつけた。

「王妃様、国王陛下はお加減が悪くて……」

魔法使いごときが自分を邪魔することを許すイザベラ王妃ではない。

「私はフレデリック王に大切な話があるのです」

寝室の扉の前に立つゲーリックを押し退けて、イザベラ王妃はフレデリック王が横になっているベッドへと近づいた。

「まぁ、空気が悪いわね！　お前ときたら看病も碌にできないのかしら？　窓を開けたら、外に出なさい！」

ゲーリックは、蘇りの呪を掛けているので常に側にいなくてはいけないのだが、イザベラ王妃の威勢に負けて、窓を開けるとすごすごと寝室の外へ出た。

「国王陛下、カイル王子は陛下の許可も得ずにシラス王国と戦争を始め、その上大敗北という不名誉をカザフ王国へ与えました。このような行動はもはや反逆罪です」

一気にまくしたてていたイザベラ王妃だが、フレデリック王から何の反応もないのに気づいた。

「国王陛下……フレデリック様！」

肩を掴んで揺さぶってみたものの、あれほど眼光の鋭かった目に力はなく、ぼんやりと天井を見つめているだけだ。

「ゲーリック！　これは何事です！」

蘇りの呪の副作用で増長していたゲーリックだが、長年低く見られていたせいでついた癖は、すぐには抜けない。王妃の権高な詰問にたじだじになる。

「王妃様、国王陛下はお加減が悪くて……」

王妃は、フレデリック王がこの魔法使いを重用するのが前から気に入らなかったが、今はそんなことを言っている場合ではないと、手の平を返す。

フレデリック王を生かせるのはゲーリックだけだと、勘付いたのだ。

「そうですわね。お前は国王陛下の看護に全力を尽くしなさい。そして、陛下のお言葉を皆に伝えなくてはいけません」

急に微笑んで自分に話しかけるイザベラ王妃を、ゲーリックは一瞬怪訝に思ったが、蘇りの呪により正常な判断力を失っているため、それもすぐに忘れてしまう。

自分がフレデリック王を支えて、カザフ王国の大陸支配を達成させるのだといきり立つ。

「偉大なフレデリック王のお言葉を皆に伝えなくては！　その通りです！」

鼻息の荒いゲーリックにイザベラ王妃は眉を顰めたが、努めて笑顔を向ける。

「その通りです。シラス王国に敗北したカイルは、大反逆者です。即刻、死罪に処するべきです」

政治の作法など知らぬ地位の低い魔法使いを、イザベラ王妃はフレデリック王の口として利用することにした。オットー王子を後継者に指名させるのも、ゲーリックを味方につければ容易いとほくそ笑む。

「大臣達を集めて、国王陛下のお言葉を伝えなくては」

ゲーリックは、こうしてイザベラ王妃の手駒になった。ただ、イザベラ王妃は、ゲーリックの精神がどれほど蝕まれているか知らなかった。

「偉大なフレデリック王の口になる！　そうだ！　尊敬してやまないフレデリック王の代わりに私が旧帝国を復活させるのだ……そのためには、反逆人のカイル王子を処刑しなくてはいけない」

ゲーリックは、カイル王子も蘇りの呪の餌食にしてやろうと暗い笑みを浮かべた。

カイル王子を後継者に推すガラナー伯爵は、急に開かれた重臣会議でフレデリック王の出席もないまま、反逆罪が決定したことに憤る。

「馬鹿な！　カイル王子が反逆罪だなど……ゲーリックめ！　あやつがフレデリック王の威を笠に着て、勝手なことを言っているに違いない。このような愚かな決定をフレデリック王がなさる訳がないのだ」

ロイマールにいる貴族に応援を呼びかけ、ガラナー伯爵は王宮に軟禁されているカイル王子を助けるために兵を挙げた。

「何、ガラナー伯爵の反乱だと！　反逆者のカイルを助け出そうだなんて、愚かにもほどがある！　ええい、いますぐカイルを処刑するのだ！」

慌てたゲーリックは、浅はかにもカイル王子を処刑すれば、ガラナー伯爵に味方している貴族も離れていくだろうと考え、命を下した。

「放せ！　私はフレデリック王の王子だぞ！　きちんとお話しすれば、父上はわかってくださる」

王宮の中庭に急遽設置された簡易な刑場に引き出されても、まだカイル王子は自分の立場を理解していなかった。

押し黙った重臣達に、「誤解だ！」と縋りつこうとしたが、処刑人に取り押さえられ、首切り台の上で命を絶たれた。

刑場の隅に隠された形代が、密かに声を上げる。

『グオオオオオ……』

その瞬間、ゲーリックを通じて、今までより多くの力がフレデリック王へと流れ込んだ。

「ううむ……ゲーリック、何事だ？　騒がしいぞ」

いくら命を注いでも、近頃は命を留めているだけで、意識もはっきりしていなかったフレデリック王が言葉を口にし、ゲーリックは狂喜乱舞した。

「カイル王子が国王陛下の許可も得ずシラス王国に戦争を仕掛け、そして大敗北を喫したのです。大臣達は会議で、カイル王子の処刑を決定しました。それに反対するガラナー伯爵が反乱を起こしたのです」

フレデリック王も、本来なら絶えているはずの命を蘇りの呪で永らえている副作用で、普段の思考力をなくしていた。

「シラス王国に敗北……なんたる恥さらしだ。その上、ガラナー伯爵の反乱だと……全員成敗しろ！」

我が意を得たり！　とばかりに、ゲーリックはガラナー伯爵の討伐令を出した。

「何だか、やばい雰囲気だぞ」

邪魔なカイル王子が処刑されたのは好都合だが、こんなに早いとは思っていなかった。ルード王子とアンソニー王子は、自分達がぼやぼやしているうちにイザベラ王妃がゲーリックと手を結んで、ライバルを消しにかかっているのに気づいた。

「あのガラナー伯爵を討伐しようだなんて、イザベラ王妃は腹を括ったようですね。私達もオットーにとって邪魔な存在でしょう」

二人の王子は顔を見合わせて、ニヤリと笑った。こうなれば、反イザベラ王妃で結託するしかないと同時に考えたのだ。

「今いる兵は少ないが、ガラナー伯爵の手勢に加わるぞ！」

こうして王都ロイマールは、内乱状態に陥った。それを収めるべきフレデリック王は、またもや意識を失い、昏睡状態に戻った。

「フレデリック王……カイル王子の命が流れ込んだ時は、意識を取り戻されたのに……もしかしたら、フレデリック王の血縁の方を呪の元にすれば……」

悍ましい考えに取り憑かれたゲーリックは、各国に嫁いだ王女を呪の犠牲にするべく呼び戻すことにする。

フレデリック王の王女として嫁いだ中には、重臣の娘を養女にした者もいたのだが、ゲーリックは構わず全員に「フレデリック王、重篤！　すぐに帰国されたし」と手紙を送った。

「ロイマールには、ルード王子とアンソニー王子がいたな……まずは、あの二人を……そうすれば、フレデリック王が再び統治してくださる」

正気を失ったゲーリックは、崇拝するフレデリック王のためなら何を犠牲にしても良いと暴走を始める。

ルード王子とアンソニー王子は、自身の危機を察知する能力にも長けていた。

ガラナー伯爵に味方をしたものの、イザベラ王妃が既に王宮の兵を掌握しているのに気づき、自分達にも反逆の逮捕状が出たと知ると、腹いせにオットー王子を推す貴族の屋敷に火を放って、各々の派遣されている国へと逃げ出した。

火を放たれた貴族達は、仕返しにルード王子とアンソニー王子を推す貴族の館に火を放ち、フレデリック王の治世の下で繁栄を誇っていたロイマールは、内紛によって四分の一が灰になる。

「ロイマールが燃えている……偉大なるフレデリック王の王都が……」

ゲーリックは、ふと王宮の窓から燃え上がる火の手を見て、ほんの少しの間だけ不安に襲われた。

「蘇りの呪でフレデリック王の命を留めても、昔のように偉大な王には戻らないのではないだろうか？　まして、王の王女を犠牲にしても良いものか？」

一瞬、我に返ったゲーリックだが、反イザベラ王妃派の重臣達に「オットー王子を支援する貴族達が王都に火を放った」と言いつけられるとたちまち元に戻り、「オットー王子を逮捕しろ！」と混乱に拍車を掛ける命を出す。

もはやゲーリックに敵味方を識別する判断力はなく、両勢力からいいように利用されていた。

「オットー王子を逮捕？　ゲーリックは何を勘違いしているのでしょう。ロイマールを火の海にしたのは、ルードとアンソニーです」

オットー王子を後継者に推す貴族も一枚岩ではない。支援者の筆頭であるカンナバル侯爵が強い権力を握るのを牽制しようと、ゲーリックの耳に情報を流す。

「ルード王子とアンソニー王子がロイマールに火を放ったのは確かだが、オットー王子の支援者も同罪だ。イザベラ王妃の弟であるカンナバル侯爵を捕らえろ！」

王宮の兵達は、イザベラ王妃、ゲーリック、そして重臣達からそれぞれ矛盾する命が次々と出され、何をするべきかわからず、混乱状態に陥っていった。

二十一　呪返し開始

姿を消したウィニーとともにロイマールの上空に着いたフィンとルーベンスは、王宮の中心近くの貴族の館が焼け落ちているのに驚いた。

「なんじゃ！　まさか内乱が起こったのか？」

「シリウスさんは大丈夫でしょうか？」

　下町の被害は少なそうでフィンはホッとしたが、前よりも闇が濃くなっていることに気づいた。

『ウッ、気持ち悪い！』

　呪の波動に敏感なウィニーが嫌がるので、フィンは郊外に降りようかと悩む。

『ウィニーは、城壁の外で待っていて』

『嫌だ！　あんな気持ちの悪い場所にフィンは行くんでしょ。きっと危険だよ。だから、すぐに脱出できるように一緒に行く』

　ルーベンスとフィンは、ウィニーに悪影響が出るのを心配したが、強く言い張られて折れた。

　フィンは、ルーベンスが呪返しで体力を消耗するのを案じていたので、ウィニーが側にいてくれた方が脱出するのに便利だと思ったのだ。

『気分が悪くなったら、無理しないで郊外に避難するんだよ。だって、ウィニーなら俺が呼んだらすぐに来てくれるじゃないか』

『それは、そうだけど……でも、できるだけ側にいたいんだ』

ウィニーは、きゅるるるると不満そうな鳴き声を上げた。ルーベンスは、竜がこれほど人に懐くとは思わなかったと苦笑する。

「何だか前に来た時より、人影も疎らなような……もしかして敗戦したショックで家にこもっているのかな？　あっ、大規模な火災が起きたから、避難したのかも？　それともロイマールを覆う闇に影響されているのかな？」

戦争勃発の知らせに驚き、ロイマールを後にした時は、大勝利に酔ったように沸き立ち、物資不足を心配して市場には人が溢れていたが、今はガランとしている。王宮近くで火災が起こったのも変だし、どうも様子がおかしい。

「戒厳令をまだ出したままなのか？　王都がこんなに静まり返っているのはおかしいな。やはり内乱が勃発したのか？」

ルーベンスの頭に、シリウス・ゴールドマンに情勢を聞く考えが浮かんだが、敵国になったからと決別宣言をした彼に迷惑を掛けられない、と思い直す。

「それより、ゴールドマン商会の倉庫に降りたら、ウィニーにも魔力を制御させなきゃならんぞ。シリウスは、かなり敏感だからな」

フィンはウィニーに魔力を制御するように言い聞かせて、ゴールドマン商会の倉庫の上に静かに着陸させた。

『フィン、気をつけてね』

瘴気に満ちたロイマールは、魔力の塊の竜には辛いだろう。それなのに自分を心配するウィニーに、フィンは胸がいっぱいになる。

『ウィニーこそ、しんどくなったら郊外へ移動するんだよ。なるべく早く蘇りの呪を解除するつもりだけどね』

そう言うと、フィンとルーベンスは、ゴールドマン商会から移動魔法で下町の路地へと飛ぶ。まずは家畜の解体場へ向かい、最初の形代を破壊する。処刑場などは広場にあるので、人目が少なくなる夜間に回る予定だ。

「呪返しを始めたら、ゲーリックも私達がロイマールにいるのに気づくだろう。そこからは時間との勝負だ」

魔力の節約のために、一箇所目までは歩いて向かい、その後はフィンがルーベンスを、次々と形代が埋めてある箇所へ移動魔法で連れて行く計画だ。

解体場に着いたルーベンスは、職人達が丁度帰り仕度をしているので、少し待つことにする。

姿を隠している二人の前を、職人達が通り過ぎる。

「なぁ、カイル王子は処刑されちまうし、ルード王子とアンソニー王子は反逆者だと御触れが出たけど、本当かなぁ。全部、イザベラ王妃の作り話だって言う奴がいるけど……」

「おい、滅多なことを口にするもんじゃないぜ！　俺達は上の方々の争いに巻き込まれないように、頭を低くして嵐が通り過ぎるのを待っていたら良いのさ」

「まぁね、それより早く夜間外出禁止令をやめて欲しいよ。仕事が終わった後に一杯飲むのが俺の楽しみだっていうのにさぁ」

「なら、俺の家で一杯やろう！　お前が街をうろついて、兵に捕らえられたら引き取りに行かなきゃいけないからな」

「奢ってくれるのかい！」

「馬鹿野郎、酒は各自で買うんだ」

「何だ、ケチ！」

敵国でも庶民は同じだ、とルーベンスとフィンは複雑な気持ちになる。誰も戦争など望んでいないのだ。日々の小さな幸せだけを望んでいる。

「どうやら全員が帰ったようじゃ」

夕闇迫る解体場に姿を現したルーベンスとフィンは、黒い闇の先端に用心しながら近づく。

「やはり、師匠より俺の方が若いから……」

解体場の溝に形代が隠してあるに違いないと精神を集中していたルーベンスは、この期に及んでまだ逆らうフィンに腹を立てた。

「うるさい！　それより、何か起こるかもしれない。お前も注意しておきなさい」

禁じられた呪も、それを呪返しするのも不慣れなので、ルーベンスは、フィンに何が起こっても対応できるようにと注意する。

「わかりました」

フィンも、ルーベンスが自分に呪返しをさせる訳がないとようやく諦めた。

解体される家畜の血が流れる溝の前に跪き、ルーベンスは手を伸ばした。

「奥に隠してあるようだ」

ルーベンスは、できるだけ呪返しをする前に魔法を使いたくなかったが、移動魔法で形代を手元に呼び寄せる。

「ウッ、気持ち悪い！」

マドリンからもらった魔術書で見た時もその悍ましさにゾッとしたフィンとルーベンスだが、家畜の血を吸った形代は禍々しく脈打っていた。

ルーベンスもこんな気持ちの悪い物を見たのは、長い人生の中でも初めてだと、込み上げる吐き気を抑えるのに苦労した。

形代を地面に注意深く置くと、ルーベンスは腰の短刀を取り出して、自身の手の平をザックリと切った。

「師匠！」

血で形代の人形を破壊すると聞いてはいたが、そんなに深く切ると思っていなかったフィンは驚く。

「黙っていろ！」

騒ぐフィンを睨みつけて、ルーベンスは形代に自分の血を注いでいく。

「壊れませんね……あっ、その形代から出ている黒い影との繋ぎ目に血を注げば……」

ルーベンスも呪返しをするのは初めてなのだ。フィンに言われた通り、黒い影との間に血を注いでみる。

『グワワワワワワワワ……』

形代は断末魔の悲鳴を上げて、崩れて土屑になった。

フィンは、その悲鳴に背中の毛まで逆立てながらも、ポケットからハンカチを取り出すと、ルーベンスの手をきつく結んだ。

「こんなに深く切らなくても……」

真っ白なハンカチがあっという間に真っ赤に染まる。フィンは血止めの治療を掛けようとしたが、ルーベンスに止められる。

「先を急がなくてはいけない。これで、ゲーリックに私達の存在がバレた」

血止めをしても、次の場所でまた切らなくてはいけないだけだとルーベンスに急かされて、フィンは移動魔法で飛ぶ。

その頃、意識のないフレデリック王の側にいたゲーリックは、胸に激痛を感じてのたうちまわっていた。

「ううううう……苦しい！」

王の寝室の豪華な絨毯の上を、胸を掻きむしりながら転がり、内臓が焼けるような激痛に耐えたゲーリックは、ペッと血反吐を吐くとよろよろと立ち上がった。

「これは……呪返しをされたのか？」

ゲーリックは、海賊の本拠地であるルミナス島で呪術師の噂を聞いて、何かフレデリック王の役に立つ呪があるのではないかと、山中の村まで訪ねて行き、禁じられた呪について知った。

「あの老いぼれ呪術師め！　呪返しがこんなに苦しいとは一言も言わなかったな……どう防げば良いのか？」

ロイマールにはフレデリック王の命を永らえるための命の道が何本もある。その一本が壊されただけでこれほどの打撃を受けたことに、ゲーリックは恐怖した。

「そうだ！　フレデリック王のためにも、呪を返した魔法使いを殺さなくてはいけない！」

こんなことをするのは、王宮で対峙したケリンの息子と、その師匠らしき大魔法使いに違いないとゲーリックは直感する。

「魔法使いを形代の元に配置しなくては！」

以前も二人をロイマールから逃がさないように各門に魔法使いを配置したが、公の教育システムもなく、汚れ仕事ばかりしているカザフ王国の魔法使いでは能力不足で、まんまと逃げられてしまった。

「こうなったら、人海戦術だ！」

魔法使いだけでは、王立の魔法学校で教育を受けるというシラス王国の魔法使いには敵わないかもしれないが、兵士と組ませれば数の力で押さえこめると考えた。

二十二　シラス王国の魔法使いが来ている！

「師匠、大丈夫ですか？」

手から流れる血を心配するフィンを押し退けて、ルーベンスは二箇所目の解体場で目的の形代を探す。

「ゲーリックも呪返しされて、我々の存在に気づいたはずじゃ。ここからは素早く行動しなくてはいけない」

すぐに形代を見つけ、黒い影との繋ぎ目に自分の血を注ぐ。

『グワワワワ……』

フィンは、形代が土に還ったのを確認すると、ルーベンスを次の場所へ移動魔法で連れて行く。

移動先で、ルーベンスは周りの気配を探る。どうやら、まだ兵士などは見当たらずホッとするが、フィンに気を引き締めろと注意する。

「そろそろ、ゲーリックも手を打ってくるだろう。注意しなくてはならない」

勿論、フィンだって警戒しているが、それよりもルーベンスの手から流れる血の方が心配で仕方ない。

「それぐらい俺だってわかっています。師匠、形代を壊したら、血止めだけでもしましょう」

ルーベンスは真っ青な顔でフィンをどけ、三体目の形代を移動魔法で呼び寄せると、血を注いで破壊した。

『グオオオオオオ……』

「師匠、やっぱり血止めを……」

フィンがルーベンスを説得しようとした時、遠くから兵士の足音がした。

「そんな悠長なことを言っている場合じゃなさそうだ」

フィンは、ルーベンスと共に第四の解体場へ移動魔法で飛ぶ。

「師匠、兵士が警戒していますね」

二人は姿消しの魔法を掛けて、物陰から様子を見る。

「兵士は邪魔だが、形代を物陰まで移動魔法すれば良いだけじゃ……うむ？　魔法使いもいるな？」

フィンも師匠に言われて、遅ればせながら魔法使いの存在に気づいた。

「あっ、そうか！　呪返しされたゲーリックが、阻止するために！」

ルーベンスは、ゲーリックも呪返しを見逃す訳がないだろうと頷く。

「だが、本人はフレデリック王の側を離れられないから、手下を寄越したようだ。カザフ王国の魔法使いなど、お前でも相手できるだろう。私が形代を壊す間、気を逸らしてくれ」

下級魔法使い程度の魔力で、しかも修業不足な相手ぐらい任せても大丈夫だろうとルーベンスは判断する。

「わかりました！」と胸を叩いたフィンが、解体場の真ん中に水の魔法陣を掛け、何個も大噴水を作ったので、ルーベンスは思わずプッと噴き出した。

「わぁ！　何だ！」

突然現れた噴水から逃げ惑う兵士と「シラス王国の魔法使いの仕業に違いない！」と騒ぐ魔法使いにフィンは満足そうだが、ルーベンスはもっと簡単な魔法で良かったのにと肩を竦める。

「お前には吟遊詩人の才能はないが、大道芸人として生きていけるかもしれぬな」

敵だけでなく自分まで気を逸らされてしまったが、ルーベンスは気を取り直して、形代を移動魔法で呼び寄せる。

「ゲッ、何度見ても気味が悪いですね」

家畜の血を吸った形代はぬるぬるして、不気味に脈打っている。

「それより、魔法使いに邪魔されないようにしてくれ」

突然の噴水に驚き騒いでいた魔法使いだが、少し落ち着き、兵士達に「シラス王国の魔法使いが来ている！　隅から隅まで探せ！」と命令を出していた。

「ここまで探されたら迷惑だよ。じゃ、ちょっと水で遊んでもらおうか！」

フィンは、一つ目の魔法陣から少し離れた所に二つ目の魔法陣を掛けた。解体場のほぼ全面に噴水が現れ、兵士達は水を避けるのも難しくなる。

「お前という奴は！」

ルーベンスは、余計な魔力を使うな！　と拳骨を落としたくなったが、ウィニーとの約束を思い出して我慢する。

「さっさと次に行きましょう！」

ルーベンスもこれから先は邪魔が増えるのが目に見えているので、気味の悪い形代に血を注いで破壊する。

『グワワワワワワワ……』

「何度聞いてもゾッとしますね。これで解体場の形代は終わりか……後は、処刑場ですね」

下町の解体場に埋めてあった形代は全て破壊できたが、これからは処刑台の下だ。兵士や魔法使いだけでなく、ゲーリックも直接仕掛けてくるかもしれない。

フィンは、以前潜入した時に通りかかった処刑場の近くに、移動魔法で飛んだ。

「おかしいな？　まだ兵士は来ていないようですが……」

黒い影は、処刑台が設置されている下から伸びている。広場を突っ切る前に、フィンは注意深く探索の網を広げた。何か罠を仕掛けられているかもしれないと警戒する。

「急ぐぞ！　ここからは時間との勝負だ！」

長身のルーベンスは、歩くのも速い。背の低いフィンは、師匠の後ろを小走りで付いて行くことが多いのだが、今のルーベンスは足取りが重い。

「師匠、ワインでも飲んでください」

いつもはルーベンスの飲酒を止めるフィンだが、少しでも元気になって欲しいと、肩から下げている袋の中からワインを差し出す。

「ワインは呪返しが終わってからにしよう」

ルーベンスの想像以上に、呪返しは肉体的に辛かった。その理由は出血だけではない。

形代を壊す度に、体が重くなるのだ。

きっとゲーリックはこれ以上の苦痛を味わっているはずだが、年老いた体にはこの程度の負担でも応える。

こんなことをフィンに知られたら、大騒ぎするだろうと苦笑しながら、形代を移動魔法で取り寄せる。

「わぁあ！」

フィンが思わず悲鳴を上げる。これまでの形代は家畜の血を吸っていた。勿論、蘇りの呪に使われているだけあって気味が悪かったが、ここのものは処刑された人の恨みが籠もったような形相をしていた。

「何だか睨んでいるようですね」

フィンは真っ青になって、目を背ける。ルーベンスも、直視したくなくなる代物だった。

「このままフレデリック王の命を延ばす訳にはいかないのだ！」

恨みが詰まった形代に、ルーベンスは血を注ぐ。その血が黒い影との結合を壊そうとする。

『ギャワワワァワァ……』

まるで意思を持って抵抗しているかのように、形代はジタバタとのたうつ。そのために、なかなか血が上手く黒い影との結合部分に当たらない。

「師匠、俺が形代を掴みます。それなら血を注ぎやすいはずです」

フィンは、のたうつ形代を「えいや！」と掴まえて、ルーベンスの前に差し出す。

「お前、何ということを……」

自分でさえ触るのには抵抗がある形代を、手で掴んだフィンの蛮勇にルーベンスは驚いた。

「師匠〜！　早くしてくださいよ〜」

涙目のフィンを見て、こんな場面なのに笑いが込み上げてきた。

無事に血を注ぎ、破壊に成功する。

「よし、さっさと全部破壊するぞ！」

そうして下町の処刑台は回り切ったが、今度は貴族や有力者などの処刑場だ。

「何故、ゲーリックは下町の処刑場に兵士を派遣しなかったのかな？」

フィンは首を捻るが、ルーベンスは地位の低いゲーリックには、動かせる手持ちの兵士が少ないのだろうと考えていた。

まずは解体場に兵士を送ってきたが、それっきり遭遇していない。きっと王宮に近い場所に絞ったのだと思うと、これからは厳しい戦いになるのが容易に想像でき、ルーベンスは気が急く。

「次の処刑場で私達を止める計画なのだろう。急ごう！」

フィンも相手に時間をやれば、より多くの兵士や魔法使いを集めるだけだと同意し、ルーベンスと共に、王宮近くの処刑場へ移動魔法で飛んだ。

「師匠、どうやら兵がいるようです」

フィンに指摘されるまでもなく、ルーベンスにもガチャガチャとうるさい武具の音が聞こえた。

「やはり、ゲーリックはここで私達を止めるつもりみたいだ。後は、ここと……うむ？　王宮の中にもあるのか？」

広場に配置された兵をどうすべきか、ルーベンスが考えていた頃、王宮の中ではゲーリックが何度も心臓に衝撃を受け、豪華なタペストリーに縋り付いて血反吐を吐いていた。

「呪返しがこんなに過酷(かこく)だとは……しかし、シラス王国の魔法使いとて、無敵ではあるまい。あれだけの兵士と魔法使いなら、足止めをしてくれるだろう」

口の血を袖で拭うと、ゲーリックはよろよろとフレデリック王の寝室へ向かった。

「シラス王国の密偵(みってい)がフレデリック王の命を絶ちに来る。私は、お側で護る！」

寝室に続く部屋、そして廊下(ろうか)にも兵を配置し、ゲーリックはフレデリック王のベッドの横に座り込んだ。

王宮の中庭で処刑されたカイル王子と女性の亡霊(ぼうれい)が、ゲーリックを睨みつけていた。

フレデリック王の危篤の報を受けて帰国し、蘇りの呪のために処刑されたカメリア王女だ。

「そんなに睨みつけても無駄だ。全てはフレデリック王のためにしたことだ。偉大な王の犠牲となったことを、誇りに思うがいい」

自分の失態で処刑されたカイル王子にはいくら睨まれようと平気だったが、何の罪もないカメリア王女を蘇りの呪の犠牲にしたことは、心に刺さった棘になっていた。

「フレデリック王……あんな犠牲を払っても、意識が戻ったのは一瞬だけだった」

蘇りの呪による魔力が失われていくにつれ、ゲーリックは自分がどれほど愚かで悍ましい呪を掛けたのか、と後悔の念が湧いてきた。

全力で足止めをするように命を出したが、何故だか勝てる気は全くしなかった。自分の命があと少しだと悟り、ガラガラと音を立てて崩れていく人生をしばし思い返す。

魔法使いだと知られた時から、貴族に汚い仕事ばかりさせられていたが、偉大なフレデリック王に見出されてからは、密偵として各国で暗躍してきた。

「フレデリック王は、魔法使いである私を重用してくれた。初めは密偵としてだったが、最後には外交官として策謀を任された。そこまで上りつめたのは、魔法使いでは私だけだ」

自分が成功させた数々の策謀を思い出し、悦に入っていたゲーリックだが、ゴホゴホと咳き込むと、自分の大失策のツケが回ったと悔しがる。

「……そうだ、シラス王国への侵略方法を探るために、西の防衛壁の補修工事に紛れ込んでいた時、アシュレイの防衛魔法を通り抜けたケリンを見つけたのだ。あいつが逃げなければ……いや、ケリンの家族に遺品を届けに行った時に、チビを見つけていれば……」

自分の失策に乾いた笑い声を上げたゲーリックは、ペッと血を吐く。

「私は蘇りの呪などという穢れた呪を掛けてしまった。そのために、軽い罪を犯した者も死罪にした。カメリア王女も……なのに、フレデリック王はもはや抜け殻に過ぎぬ」

ゲーリックは、偉大なフレデリック王が大陸全土を統一し、旧帝国を復活させるのを見たかったと、項垂れる。

「あのチビが来るのか……」

もう望みは絶たれたと諦めたゲーリックは、最後の力を振り絞って、フレデリック王のベッドの前に立った。

二十三　ゲーリック！

王宮前の広場には兵士がビッシリと詰めていた。

「師匠、どうします？」

心配そうに見上げるフィンに、ルーベンスは「フン！」と鼻で笑って応える。

「あんな兵など相手にしなければ良い。ゲーリックは、広場に兵を詰めさせたが、何を守らなくてはいけないかは教えていないようだ。問題は処刑台に陣取った魔法使いだけだ」

処刑台には四人の魔法使いが形代を護るように立っていた。

「俺があの四人の気を逸らします！」

「先ほどのように魔力の無駄使いをしないで、あやつらの気を逸らすのだぞ」

フィンは、さっきは魔法使いだけでなく兵士の気も逸らそうとしたんだと反論したかったが、師匠の青い顔を見て口を閉じた。

「さて、どうやって四人の魔法使いの気を逸らそうかな？　あっ、そうだ！　この前、師匠がジャディーンを手玉に取ったのを真似しよう！」

フィンは、風の魔法体系の応用で、四人の魔法使いを空へと吊り上げる。

処刑場に配置された兵士達は、何の目的でこんなに集められたのか疑問に思っていた。その上、魔法使いごときに偉そうに「広場に侵入者を許すな！」などと命じられて、態度には出さなかったが、腹を立てていた。

「わぁあ～」

その処刑台を護るように立っていた四人の魔法使いが、突然空へ持ち上げられ悲鳴を上げたので、兵士達は呆気にとられた。

「何だ！　無様だなぁ」などと笑う兵士もいたが、隊長は気を引き締める。

「シラス王国の魔法使いの仕業に違いない。お前達、広場の隅々まで槍で突いて魔法使いを捕まえるのだ！」

フィンは、師匠の邪魔をされては大変だと、兵士達に命令している隊長も魔法使いと同じく、空へと吊り上げた。

「わぁ〜！　何だ！　降ろしてくれ！」

「隊長〜！」

魔法使いが吊り上げられた時は笑っていた兵士も、隊長がジタバタしているのを見て、必死に脚を引っ張って地面に降ろそうと騒ぎ出す。

フィンは、さらに数人を空へと吊り上げて、広場にびっしり詰めていた兵士達を混乱させる。

「相変わらず、あやつは魔力を無駄に使うなぁ」

そう小言を言いながらルーベンスは、処刑台の下から形代を手元に呼び寄せる。

フィンは姿消しの魔法を掛けているのも忘れて、「ゲッ！」と思わず声を上げそうになり、慌てて手で口を押さえる。

「庶民より、貴族の方が往生際が悪そうだ」

ジタバタしている形代をルーベンスは左手に持ち、右の手の平から血を注ぐ。

『ガファワワワワ……』

ルーベンスは、呪返しをした影響を受けて、ウッと胸を押さえた。

「師匠！」

心配そうなフィンの緑色の瞳が、胸の痛みを和らげる。

ルーベンスは強がるようにニヤリと笑い、すっくと立ち上がった。

「さぁ、王宮の中のもので最後じゃ！」

空中に吊り上げていた兵達を地面に降ろすと、フィンはルーベンスと王宮の中庭へ飛ぶ。

「ここにもいっぱいいますね！」

見事な彫刻(ちょうこく)がなされた白亜(はくあ)の大理石(だいりせき)の柱の陰で、フィンは大勢の兵を見て、溜め息をつく。

「ここは形代を埋めている訳じゃなさそうだ。魔法使いがおらん。そうか、ここならゲーリックは、命を直接フレデリック王に注げたのか」

これまでの処刑場と同じくらい、その中庭の黒い影は濃かった。

「もしかして、ゲーリックが直接処刑を？」

「さぁ、それはわからぬが……何じゃ？」

ルーベンスは百数十歳になるまで、変わった現象を色々見てきたが、目の前のものにゾッとした。男と女の亡霊が浮かんでいるのだ。

「何ですか？」

フィンには何も見えていないのかと、驚くと共にホッとする。

「どうやら呪返しの副作用らしいな。そこに犠牲になった人が立っておるのじゃ」

フィンは、師匠が指差した方向に目を凝らしたが、警備している兵しか見えなかった。

「マドリンは、お婆ちゃんの姿が見えたと言っていたけど、師匠にも見えるんですね。どんな人が見えているんですか？」

「多分、あの服装からして身分の高い王子や王女だろう……」

ルーベンスは、出血で少しぼんやりしていた。それを聞いたフィンは当然、激怒する。

「王子や王女？　もしかして、フレデリック王の身内の方が効果的だとでも？　ミランダも犠牲になったのか？」

「いや、ミランダ姫ではなさそうじゃが……フィン！　待ちなさい！」

「ゲーリック！」と怒りの叫びを上げて、フィンはフレデリック王の寝室へと駆け出した。宿敵の居場所は、フィンの目には禍々しい星のように見えた。

「しまった！」と後悔したルーベンスは、出血して体力を失っていたので、壁に手をつきながら、よろよろと後を追う。

「何者だ！」

フレデリック王の寝室までの廊下には、兵がびっしりと詰めていた。

「そこを退いてくれ」

敵国の兵であっても、フィンは傷つけたくなかった。フィンの目的はゲーリックただ一人だ。

「曲者だ！　こちらに来てくれ！」

兵はすぐには手を出さなかった。フィンの姿を見て、子どもなら脅せば従うだろうと高を括ったのだ。その油断が命とりになる。

「怪我をさせたくないんだ！」

フィンは、やって来た援軍ごと空中に浮かせて、ググッと奥へ押しこめる。

「うわぁ～」

「降ろしてくれ！」

パニック状態になるも、流石は王宮勤めの兵士。せめてもの抵抗に、槍や剣を投げてくる。

「邪魔をするな！」

苛立ちをぶつけるように、槍や剣などを風で吹き飛ばす。その吹き飛ばされた武器で何人かの兵士は傷を負ったが、今のフィンは気にも留めずに走り去る。もはやゲーリックしか眼中にないのだ。

ようやくフレデリック王の寝室の扉前に辿り着いたが、そこにも護衛がいた。

「通してくれ！」

突然起こった竜巻が護衛達を壁に叩きつけ、彼らは気を失う。普段のフィンなら、大丈夫だろうか？　と心配するところだが、今は見向きもしない。

「ゲーリック！」

フレデリック王の寝室の扉を開けたフィンは、憎い仇を目の前にして、風の刃を思いっきり投げつけた。

「やはりお前か……」

呪返しをされて、瀕死のゲーリックだが、残る魔力で風の刃を逸らす。その態度が、フィンには余裕を持って、自分を馬鹿にしているように感じられた。

「ゲーリック、この前のようにはいかないぞ！」

敗北した時の屈辱を思い出し、フィンはさらに巨大な風の刃を投げつけようと、精神を統一する。

天井まで切り裂くような巨大な風の刃が、フレデリック王の寝室に現れた。

ゲーリックは、それを逸らす力が自分に残っていないのがわかっていたので、自分の失策のツケを払う覚悟を決め、最後の力を振り絞って立っていた。

「フィン！　やめなさい！」

壁を伝いながら寝室まで辿り着いたルーベンスには、一目でゲーリックが瀕死だとわかった。

巨大な風の刃を振りかざしたまま、フィンはルーベンスに反論する。

「師匠、こんな外道は死んだ方が良いんです！」

「この馬鹿者！」

頭に血が上ったフィンの頬をルーベンスが打つ。その瞬間、呪返しの影響で弱っていた体を、竜との約束を破った痛みが襲い、ルーベンスは胸を押さえて倒れ込む。

「師匠！　大丈夫ですか？」

フィンは振りかざしていた風の刃を消して、倒れたルーベンスを抱き起こす。

倒れた自分を心配して正気に戻ったフィンに、ルーベンスは弱々しい声で言い聞かせる。

「ゲーリックをよく見なさい。呪を返されて瀕死ではないか。お前の手を汚さなくても良いのじゃ。それより、聞きたいことがあるのではないか……」

フィンは、ルーベンスの心臓に温かな魔力を注ぐと、顔色が少しだけ良くなったのでホッとする。

ズルズルと床に倒れ込んだゲーリックは、そんな師弟を嘲笑った。

「呪返しをする方にもダメージがあるみたいだな……いい様だ！」

「何だと！」

「お前の師匠も蘇りの呪の穢れに侵されるのだ……」

「まさか、師匠！　出血だけでなく、呪返しをしたせいで……!?」

騒ぎ立てるフィンに、ルーベンスは「時間がないぞ」と警告する。ゲーリックの命が尽きるまであと僅かだ。それに、新たな護衛が寝室にやって来るのも時間の問題だった。

「そうだ……俺は……」

瀕死の状態でも憎まれ口を叩くゲーリックの側に立つと、フィンは怒りに我を失いそうになる。何度か深呼吸して怒りを抑え、薄ら笑いを浮かべているゲーリックに質問する。

「俺は、お前にずっと聞きたいことがあったんだ。何故、お父さんを殺したんだ！」

ゲーリックは、自分が犯した二つの失策を思い出し、そのツケを支払う時が来たのだと笑った。そして、血反吐を絨毯の上に吐き、座り直した。

「俺は、ケリンの死を望んではいなかった。アシュレイが掛けた防衛魔法を通り抜けたケリンを利用しようと思っただけだ……カザフ王国の大陸統一に協力させようとしたのだが、愚かにも逃げ出して……武人に斬られてしまった……」

口を開くだけでゲーリックには負担になる。激しく咳き込むと、大量の血を吐いた。

「ゲーリック！」

思わず治療の技を掛けようとしたフィンだが、ニヤリと笑った顔を見て手を止める。

「お前を殺せなかったのが……失敗だったな……」

吐いた血が喉にたまって窒息し、ゲーリックは息を引き取った。フィンは、憎い仇が死んでいくのを呆然と眺めていた。

「これでお父さんの仇は死んだ……」

何年も父親の仇と憎んできたゲーリックの最期を見ても、フィンの心は晴れなかった。幼かった自分を殺そうとしていた相手なのに、シラス王国にとっても強敵だったのに、亡骸を見ていたフィンの瞳から涙が溢れた。

「何故、こんな穢れた呪を掛けたんだ?」

物言わぬゲーリックの体に、フィンは最後の疑問をぶつけた。

ルーベンスは、よろよろと立ち上がり、仇と恨んでいた相手の死に動揺しているフィンを抱きしめてやる。

「カザフ王国での魔法使いの地位は低い。ゲーリックは、きっと貴族達に汚い仕事をさせられていたのだろう。その才能をフレデリック王に評価され、活躍の場を与えられたのが、本当に嬉しかったに違いない。だからといって禁じられた呪に手を出したのは、間違いじゃがな」

フィンは、豪華なベッドに横たわるフレデリック王を見た。大陸全土を支配しようと野心を燃やした王の抜け殻が、白く濁った目で天井を眺めていた。

フレデリック王が咳き込む。

「ごほごほ……」

フレデリック王は、蘇りの呪によって命を永らえていたのだ。その呪術師であったゲーリックが呪返しで死んでしまった。それはつまり、フレデリック王の死を意味している。

「フィン、さっさと退散しよう！」

ルーベンスは、敵国の王の臨終の場にいるのはマズいと、仇敵の死に呆然としているフィンを急かす。

ガチャガチャと護衛達が駆けつける音に、フィンも正気に返った。

「師匠、掴まってください！」

寝室に新たな護衛達が入って来た瞬間、フィンは王宮の倉庫の上に移動魔法で飛んだ。

ぐったりと倒れるルーベンスを、倉庫の上に寝かせる。

「師匠、止血します！」

肩に掛けているバッグから新しいハンカチを取り出して、止血した上でキツく結ぶ。

『ウィニー!!　姿を消して、ここに来て！』

静まり返った深夜の街に向かい、フィンは叫んだ。

「師匠、さぁ、飲んでください！」

意識が朦朧としているルーベンスを抱き起こして、フィンはウィニーが来るまでにワインを飲ませる。

「お前が酒を勧めるとはのう……」

茶化すルーベンスに、フィンはホッとするが、顔色は紙のように真っ白だ。

『フィン！』

姿を消してやって来たウィニーに、一瞬だけ姿を現してもらい、フィンは苦労してルーベンスを鞍に押し上げる。

『ウィニー、早くベントレーに！』

自分では姿を消せないほど消耗しているルーベンスを包み込むように、フィンは姿消しの魔法を掛けて、ウィニーと帰国を急いだ。

闇に沈んだロイマールに、突如として鐘が鳴り響いた。

「これは……？」

「フレデリック王が亡くなったのを知らせているのじゃよ……」

長年シラス王国を脅かしてきた敵の最期を聞きながら、ルーベンスはゆっくりと目を閉じた。

二十四　アシュレイの防衛魔法が消えた！

「師匠、しっかりしてください！　師匠！」

ウィニーに帰国を急がせていたが、後ろから支えているルーベンスがぐったりと意識をなくしているのに気づいて、フィンは動揺する。

『どうしよう……一旦、降りて師匠の回復を待つべきなのか？　治療の技を掛けても、手応えが全くないんだ！』

ウィニーもフィンに魔力を送って、ルーベンスの治療の手助けをしてくれていたが、まるで穴の空いた樽に水を注いでいるようだ。このまま死んでしまうのではと不安になる。

『ここは敵国なんでしょ？　ゆっくりと養生するには、シラス王国に帰った方が良いと思うよ。フィンが落ち着いて治療しないと駄目だと思うから、しっかりして！』

慌てふためいていたフィンは、ウィニーの言葉で我に返った。

『そうだ！　師匠を絶対に死なせたりしない。意識を取り戻すことはできなくても、命だけは繋ぎ止めておく』

フィンは、ルーベンスに治療を続けながら帰国することにした。

『海に出た方が良いよ』

前に緊急にウィニーを呼び出した時は、国境にはアシュレイが掛けた防衛魔法があるからといって、海から帰国したのだ。同じようにフィンは進路変更を指示する。

『うん、ベントレーは海沿いだからね』

そうウィニーとやり取りしてからフィンはハッとして、前方へと探索の網を広げた。

『アシュレイの防衛魔法が消えている!!』

三百年前の大戦で周辺諸国の連合軍に攻められたシラス王国の危機を救った、偉大な魔法使いアシュレイは、二度と自国が攻められないように国境線に防衛魔法を掛けた。

アシュレイが王都サリヴァンを去った後は、その弟子である上級魔法使い達――今はルーベンス――がその防衛魔法を維持していたのだ。

『師匠！　まさか!!』

フィンは、ルーベンスが亡くなってしまったのではと息を呑む。

『フィン、落ち着いて！　ルーベンスは死んでないよ』

微(かす)かな息を確認して安堵するフィンだが、ルーベンスが防衛魔法を維持できないほど弱っているのは確かだ。一刻の猶予(ゆうよ)もない。

『ウィニー、急いで！』

『わかっているよ！』

ウィニーが全速力で飛んでくれているのは、フィンだってわかっている。それでも急かしてしまう。

『あっ、国境線を確認したいんだ。陸地の上を飛んで！』

海の方に進路変更したばかりのウィニーだが、少しぐらい変えたところで問題ない。ロイマールからベントレーまで、陸地の上を直線的に飛ぶことにする。

国境線に差し掛かると、フィンは悲鳴を上げた。

『ああ、やっぱり防衛魔法が消えている！』

探索の網でわかってはいたが、実際になくなっているのを確認すると、フィンはシラス王国が丸裸にされたような気分になった。

『また掛け直せば良い。今はルーベンスの治療に専念するべきだよ』

一度に色々なことが起きてパンクしかかっているフィンに、ウィニーは冷静に助言する。

『そうだね！　今は師匠に回復してもらうことだけを考えよう。ベントレーには魔法学校の教授も負傷者の治療に来ていた。俺が知らない治療の技も知っているかもしれない』

フィンは、高齢で不摂生(ふせっせい)なルーベンスの健康を維持するために、関節炎、気管支炎、二日酔いなどの治療の技を習得していたが、今回の消耗振りには呪返しの影響もあるため、普通の治療だけでは不安を感じていた。信頼できる教授に相談すれば、何か良い治療方法が見つかるかもしれないと期待する。

今は何代もの国王が築かせた防衛壁だけが、シラス王国の国境線を護っている。その上を飛び越したウィニーは、夜のベントレーに舞い降りた。

『ウィニー！』

カザフ王国兵の残党狩りへの参加を許されず、ベントレーの竜舎でグラウニーに愚痴っていたアンドリューは、愛しいウィニーの帰還にいち早く気づいて、中庭に飛び出した。

フィンはアンドリューの姿を認めると、すぐに叫ぶ。

「アンドリュー殿下、早く治療師を呼んでください！　師匠が倒れたんです！」

竜馬鹿のアンドリューだが、守護魔法使いのルーベンスが倒れたという言葉で、事態の深刻さを瞬時に理解した。

「わかった！」

屋敷に駆け込んだアンドリューが、治療師やベントレー卿、そしてキャリガン王太子、騎士団長達まで連れてきた。

グレンジャー団長とレスター団長が協力して、意識のないルーベンスを屋敷の中に運ぶ。

「フィン、ルーベンス様は……」

キャリガン王太子の不安そうな青い瞳に、フィンは「絶対に死なせません！」と言い返して、運ばれる師匠の後を追った。

「何があったのです？」

心配そうなベントレー卿の質問に、キャリガン王太子は首を横に振って答えなかった。蘇りの呪についてては公言しないとルーベンスと約束していたし、何があったのかキャリガン王太子自身も知らなかったからだ。

「まずは、ルーベンス様の治療だ」

なるべく守護魔法使いが倒れたことを秘密にしたいとキャリガン王太子は考えた。

「ベントレー卿、この屋敷にいる者は当分の間、外出禁止にして欲しい。カザフ王国との戦争はまだ終わっていないのだからな」

ベントレー卿も、戦時下に守護魔法使いが倒れただなんて噂を広げたくなかったので、厳しい表情で頷いた。

「捕虜や避難民の食料の買い出しも、信頼できる者にさせましょう。でも……」

不安そうに見つめるベントレー卿が何を心配しているのか、キャリガン王太子にもわかった。

自分の国がどれほどアシュレイの防衛魔法に依存していたか、そしてそれを維持してくれているルーベンスに頼りきっていたかが身に染みた。

「レスター団長に確認させよう」

言葉少なく答えたキャリガン王太子の顔を見上げて、ベントレー卿も無言で頷いた。

海からの攻撃は、サザンイーストン騎士団が何十隻もの軍艦を拿捕し、旧ペイサンヌ王国の乗組員を大勢捕虜にしているので、今すぐには不可能だろうと安心していたが、もし陸の防衛魔法が消えていたら話は変わってくる。

キャリガン王太子とベントレー卿が、アシュレイの防衛魔法が消えたのではと不安に思っていた頃、フィンは魔法学校のモービル教授と共にルーベンスの治療に専心していた。

モービル教授は、ファビアンの師匠でもあり、治療に関してはルーベンスに次ぐ腕前だ。

「師匠！」

フィンは、ウィニーから流れてくる温かい気も一緒にルーベンスに送り込むが、意識は戻らない。

「お願いです！　目を開けてください」

このまま逝ってしまうのではないかと、フィンは何度も何度も、限界を超えるほどの魔力を注ぎ込んだ。

「フィン、これ以上治療を続けるのは無理だ。お前も疲れ切っているではないか。後は私達に任せなさい」

モービル教授は、フィンの治療の腕と桁違いの魔力に驚いていたが、ルーベンスを助けるために必死になり過ぎているのではと心配する。

「師匠の治療は俺がします！」

「フィン、私達がルーベンス様を治療するから、休んだ方が良い」

モービル教授の忠告に耳を貸さないフィンを、ファビアンも説得する。

「でも……俺の師匠なんだ！」

真っ青な顔で首を横に振るフィンをどう説得したら良いのか、ファビアンも困ってしまう。

そこへ、竜達の声が響いた。

『私達がルーベンスを死なせたりはしない。フィンは休んで！』

『フィン、疲れているなら休まなきゃ』

『ルーベンスのことは任せて！』

『フィンが倒れちゃうよ』

グラウニーに雛竜のフレアー、アクアー、そしてゼファーの言葉で、フィンは竜と友人達が自分のことを心配しているのに、やっと気づいた。

『俺なら大丈夫だから』と言った途端、ウィニーが反論する。

『全然、大丈夫なんかじゃないよ。フィンだって倒れる寸前じゃないか。フィン、ルーベンスが心配なのはわかるけど、疲れたまんまじゃ治療も上手くできないよ。ファビアン達に任せて、休んでよ』

ウィニーの心配する気持ちが伝わってきて、フィンは自分がどれほど疲れているのかようやく実感した。

『わかったよ……』

そう返事した途端、フィンは床に崩れ落ちる。

「フィン！」

驚いて、フィンを支えたファビアン。

「大丈夫か？」

ファビアンはフィンとルーベンスが何をして来たのか知らなかったが、これほど消耗している姿を目の当たりにすると、心配でならなかった。

抱きかかえたフィンを見つめていたファビアンは、ふと妙なことに気づく。

さっきまであれほど騒いでいたのに、ピクリともしないのだ。

「フィン、寝ているのか？」

ルーベンスのベッドの横で治療を続けていたモービル教授も驚く。

「もしかして、魔力の使い過ぎで昏睡状態になったのでは？」

「フィン、しっかりしろ！」

ファビアンは、パチパチとフィンの頬を叩いて、起こそうとした。

『駄目だよ！　フィンは疲れ切っていたから、眠らせたのに！』

『ウィニーが眠らせたのか？』

『そうだよ。だってフィンはくたくたなんだもの』

モービル教授は驚きのあまり、口をあんぐりと開く。

「竜がパートナーの健康管理までするのか？　……ファビアン、君のグラウニーも、君が寝不足だったりしたら強制的に眠らせてくるのか？」

「まさか！　でも、こんなに疲れ切ったことはないから……でも、多分しないと思います」

モービル教授は、伝説とあまりに違う竜の生態に興味をそそられたが、今はルーベンスの治療に専念する。

「フィンをベッドに運んでやりなさい」

ファビアンは、爆睡しているフィンを隣の部屋のベッドに運んだ。

「フィン、お前はルーベンス様と何をして来たのだ？　グラウニーは、ウィニーがカザフ王国へ行ったと教えてくれた。そんなに消耗するような戦いをして来たのか？」

すやすやと眠るフィンの寝顔を少し眺めた後、モービル教授の治療の手助けをするために、そっと立ち去った。

モービル教授やファビアン、そしてベントレーに滞在している魔法使いが皆ルーベンスの治療にあたったが、意識は戻らなかった。

夜が明けるとレスター団長の元に「防衛魔法が消えている」と報告が来た。それを聞いたキャリガン王太子は、グッと拳を握りしめた。

「防衛魔法が消えたことにカザフ王国はいつ気づくだろうか？　兎に角、レスター団長は国境線の警戒にあたってくれ」

「了解いたしました！」

カザフ王国の残党狩りは地元の領主に任せ、ウェストン騎士団は国境線の警戒を開始した。

ベントレー卿は、レスター団長やキャリガン王太子から何も説明を受けなかったが、騎士団の動きで防衛魔法が消えたことを察していた。もし今攻撃されたらどうなるのかという不安を押し殺して、ウェストン騎士団の出立を見送った。

「カザフ王国だけではない……同盟を結んではいるが、バルト王国は海への道を諦めてはいないだろう。それに北のサリン王国も、ジェームズ王を廃したチャールズ王が何を考えているのかはわからない」

キャリガン王太子は、防衛魔法が消滅したと伝える報告書をマキシム王に至急に届けるように、ルーベンスの治療をしているファビアンに頼みに行く。

「ルーベンス様はどんな具合だ」

不安を滲ませず、キャリガン王太子は平静を装ってモービル教授に声を掛けた。

「夜通し治療していますが、意識は戻っていません」

いつも傍若無人に振る舞い若々しかったルーベンスだが、こうしてベッドに横たわっているのを見ると、百歳を数十年も超えた高齢なのだと実感する。

「引き続き治療に全力であたってくれ。うん？　フィンはどこだ？」

フィンの性格なら師匠の側に付きっ切りだろうにと、キャリガン王太子は首を捻る。

「フィンも疲労困憊でした。治療を私達に任せるように言っても聞く耳を持ちませんでしたが、竜達に説得されたのです。その上、眠らされたようで……」

キャリガン王太子は、蘇りの呪がどうなったのか聞きたかったが、フィンが目覚めてからにしようと気持ちを切り換える。次代の守護魔法使いに休養が必要だと竜が判断したなら、それに異議を唱える気は更々ない。ここを訪れた本題に入る。

「少しファビアンを借りても良いかな？」

「どうぞ、他の教授や治療師にも手伝ってもらっていますから」

モービル教授の許可を得たキャリガン王太子は、報告書をマキシム王に届けるべくファビアンをグラウニーとサリヴァンに向かわせた。

「三百年もの間、シラス王国を他国の侵略から護っていた、アシュレイの防衛魔法が消えてしまった！」

自分を奮い立たせるように、キャリガン王太子は認めたくない事実を呟く。

小さくなっていくグラウニーの姿をしばし見つめた後、自分にできることをするために、館の中に急いだ。

「父上は北のノースフォーク騎士団にも厳戒態勢を命じるだろう。チャールズ王はどう出るだろうか？」

今は、北の心配より、西のカザフ王国の出方を優先して考えようと、キャリガン王太子は不安を振り払い、領主達に残党狩りの指示を出した。

二十五　ルーベンスの治療

蘇りの呪返しで大量の血を失い、それだけでなく呪返しの反動も受けたルーベンスは、意識を失ったままだ。

ウィニーに眠りの魔法を掛けられて熟睡したフィンは、翌日の昼前まで眠って目覚めた。

「ぐうううう……」

腹の虫が鳴るのにも構わず、フィンはパッとベッドから飛び降りるとルーベンスの部屋へ走り込む。

「師匠！」

ベッド横に座って治療しているモービル教授とベーリングを押しのけ、フィンはルーベンスの意識が戻ってないのを確認してがっくりする。

「フィン、少しは休めたようだね。どうやらルーベンス様はかなり弱っているようだ。こんな場合は、ゆっくりと時間を掛けて回復させるしかないんだよ」

モービル教授の診断に、フィンは納得できない。普通の病気や高齢から弱っているのではないからだ。

「違うんです！　師匠は……」

魔法学校のヘンドリック校長の秘書をしているベーリングは大好きだし、モービル教授はここまで治療に付き合ってくれた恩人だが、二人に蘇りの呪について話して良いものか、フィンは一瞬躊躇（ちゅうちょ）した。

「おはよう、フィン。どうやらよく眠れたようだな」

ルーベンスの寝室に入ってきたキャリガン王太子は、眠れぬ夜を過ごしたようだったが、いつも通りの穏やかな口調を崩さない。

「キャリガン王太子……師匠は……」

「私は朝食を取りに行ってきます」

フィンが自分の前で機密（きみつ）情報を話すのを躊躇っていることに気づいたベーリングは、部屋を出ようとする。

「フィン、ルーベンス様が倒れた理由に当たりがあるのなら、ベーリングとモービル教授にも聞いてもらいなさい。モービル教授は治療に優れているし、ベーリングは次代の魔法学校の校長になる人物だ。信頼できる」

「いやいや！」と真っ赤になって否定するベーリングと、「その通り！」と我が意を得たとばかりに頷くモービル教授を、目をぱちくりとして見ていたフィンだが、何かが腑に落ちた。

前からフィンは、入学した時から優しく接してくれたベーリングの人柄や、魔力の強さを高く評価していたのだ。

「えっ、ベーリングさんってそうなんだ！　やっぱりね！」

「そんなぁ、私なんかが魔法学校の校長だなんて、キャリガン王太子の勘違いですよ。やはり、私は皆さんの朝食を……」

「いいからここにいなさい。モービル教授、そしてベーリング。今からフィンは禁じられた呪について話す。公言しないと約束してくれ」

キャリガン王太子が発した『禁じられた呪』という言葉に、モービル教授とベーリングの顔色が変わった。

「そんな！　禁じられた呪など、本当にあるのですか？　勿論、私は公言などいたしません！」

「私も誓います！」

モービル教授の興味津々だという目を厳しい表情で見たキャリガン王太子だが、公言しないとの約束を信じ、フィンに話をするよう促す。

「フレデリック王は、蘇りの呪で命を永らえていました。手下の魔法使いが、呪で家畜や人の命を犠牲にして、フレデリック王に力を注いでいたのです。ロイマールには命の道が何本も蠢き、闇に堕ちていました」

「それで、呪返しは成功したのか？」

昨夜から気になっていたキャリガン王太子は、思わず口を挟む。

「ええ、呪返しは成功しました……蘇りの呪を掛けていたゲーリックは亡くなりました……」

仇敵の死を思い出し、言葉に詰まり俯（うつむ）いたフィンを、キャリガン王太子は心配そうに覗き込む。

「フィン、大丈夫か？　君の父親の仇だと聞いたが……」

キャリガン王太子は、仇を討ったのなら気が晴れるのでは、と沈んだ表情のフィンを不思議に思う。

憎い仇ではあったし、色々と悪事を働いたゲーリックだったが、カザフ王国で魔法使いとして生きるには、そんな道しかなかったのかもしれないと思うと、フィンは複雑な気持ちになるのだ。だが、それを振り切るように話し出した。

「蘇りの呪が消滅して、フレデリック王は亡くなりました。師匠は臨終に立ち会うのはマズいと判断して、その場を離れましたが、ロイマールを発つ時に弔いの鐘が一斉に鳴り出したので確かです！」

「フレデリック王が死んだのか！」

キャリガン王太子は、憎い敵国の王の死の報告に興奮して、フィンの背中をバンバン叩く。

「確かフレデリック王は後継者を決めていなかったな。後継者争いが起こるかもしれない！」

防衛魔法が消滅し、カザフ王国が陸から攻めてくるのでは、と眠れぬ夜を過ごしたキャリガン王太子の顔が少し明るくなる。

「後継者争いかどうかはわかりませんが、王都ロイマールの四分の一が焼け落ちていました。あっ、そうだ！　カイル王子は敗戦の責任を取らされ、既に処刑されました」

西海岸地域を侵略され、苦しめられてきたキャリガン王太子は、その総大将であったカイル王子が処刑されたと聞いて、大人気なく飛び上がった。

「ざまあみろ！」と王太子らしくない言葉を叫んだが、ハッと我に返って、ルーベンスが倒れた経緯を聞く。

「カザフ王国の情勢については、後でゆっくりと聞くが、今はルーベンス様が倒れた経緯を説明して欲しい。モービル教授は治療の大家なので、何か良い治療方法を知っているかもしれないから」

フィンは、一縷の望みを託して、蘇りの呪返しをして、師匠が倒れた経緯を話す。

「蘇りの呪を返すために、師匠は大量の血を失いました。その傷を塞いで止血しようとしたのですが、なかなか塞がりませんでした。呪返しをされたゲーリックは瀕死の状態でしたが、師匠も呪返しをする度にダメージを受けていたと感じます」

モービル教授は、禁じられた呪にも呪返しについても噂程度の知識しかなかったが、あれこれ治療方針を提案する。

「出血が多量だったのなら、増血すれば良いだろう。問題は、呪返しによるダメージだ。これは、私の未知の領域だ。ううむ、フィンの説明を聞いていると、近いのは魔法の暴走かもしれない。掛けた魔法が跳ね返った時の治療方法を試してみよう」

増血の治療は、戦争の負傷者にも多く施したので、薬草も用意してあった。

「この煎じ薬を飲んでくだされば良いのだが……」

「意識がない師匠が煎じ薬を飲める訳がないでしょう」

がっかりするフィンだが、モービル教授は煎じ薬をルーベンスの胃に移動魔法で注入する。

「あっ、そんな手があったんですね！」

「これは非常手段だよ。それに、失った血は一気に増えたりしないから、気長に治療を続けなくてはいけない。後は、跳ね返った魔法の治療だが、掛けた魔法が蘇りの呪返しとは厄介だ。私は全く知らないから」

「モービル教授、魔法が跳ね返ってしまった人を治療する時はどうするのですか？」

フィンは、魔法の知識がないことを恥ずかしく思いながら、モービル教授に尋ねる。

「魔法の暴走については知っているだろう？」

上級魔法使いの弟子だから、さぞかし色々な魔法を教えてもらっているのだろうと思っていたモービル教授は、フィンの質問に首を傾げる。

「初等科で魔法を習う前に注意されなかったかい？」

「俺は春になってから入学したし、師匠はそういうことは何も……」

少し恨めし気な目をルーベンスに投げたフィンだが、初歩を飛び越えてしまったのは仕方ないと諦める。

「話は戻りますが、魔法の跳ね返りの治療はどうやるのですか？」

モービル教授もルーベンスが初めて弟子を取ったのだと思い出し、サポートが必要だったと内心反省しながら、前向きなフィンの質問に答える。

「例えば風の刃の攻撃魔法を掛けた時、それが暴走して自分に跳ね返ったと考えてごらん」

モービル教授の懇切丁寧な指導に、フィンは張り切って答える。

「その場合は、防衛魔法を掛けて風の刃を防ぎます」

横で聞いていたキャリガン王太子とベーリングは、フィンの答えに驚いた。

「違うだろう！　風の刃が跳ね返ったら、風で逸らすのが普通だ！」

「そうか、フィン君は防衛魔法を咄嗟に掛けられるから、そう考えたんですね」

モービル教授は大きな溜め息をついて、不正解を恥じて小さくなったフィンに一から解説する。

「風の魔法体系には、風の魔法体系で防御するのが一般的なのだよ。そうか、フィンは魔法の暴走なんていう失敗はしたことがないのだね」

「そんなぁ、俺なんか落ちこぼれと呼ばれていた時は、失敗どころか魔法も使えなかったのに……あっ、もしかして師匠が俺に魔法の技を教えなかったのは、精神的に落ち着くまで使わない方が良いと思ったのかも？　背が高くなりたいなら、魔法を使うなと叱られていたけど……」

モービル教授には、ルーベンスが何を考えて弟子に魔法の技を教えなかったのかまでは理解できないので、治療方法に話を戻す。

「魔法の跳ね返りへの対処が、その魔法体系での防御。そして、跳ね返った魔法で負った傷やダメージは、その反対の性質を持つ魔法体系で癒すのが普通なんだ。これは初等科の魔法学で習っただろう？」

フィンは入学当時、必死に魔法学の教科書を暗記したのを思い出して大きく頷く。

「風の魔法体系の反対は、土の魔法体系です。師匠が返した蘇りの呪の反対は何になるのかな？」

モービル教授も禁じられた呪には詳しくなかったが、長年魔法の研究をしてきた経験から推測する。

「アシュレイ魔法学校では、風、土、火、水の魔法体系に分けて教えているが、自然界には光も闇もある。どうやら、話を聞いていると、蘇りの呪は闇に当たるようだ」

フィンは、話を聞いているうちにハッと閃いた。

「もしかして！　ウィニーはロイマールの闇をとても嫌がっていました。そりゃ、俺や師匠だって嫌だったけど、それ以上に。そうか、俺はてっきり竜は魔力の塊だから光り輝いて見えると思っていたけど、実は竜が各々の属性とは別に、光の魔法体系に属しているからなのかもしれない」

今までは、ウィニーがフィンに温かな魔力を注ぎ、フィンがルーベンスを治療していたが、今度は直接治療してもらうことにする。

「ウィニーをテラスに連れてきます！」

思いついた途端、部屋から飛び出したフィンに、モービル教授は驚いた。

「ちょっとフィン！」

キャリガン王太子は、次代の守護魔法使いはルーベンスのように傍若無人で気儘ではなさそうだが、サリヴァンに落ち着いてくれるのだろうかと今から心配だ。

「ウィニーに治療させるのですか！　昨夜はフィンを眠りにつかせたし、竜の魔法の使い方は実に面白いですな。ファビアンのグラウニーも魔法を使えるそうですが、あまり観察する時間がなくて。彼は卒業したらノースフォーク騎士団に入団してしまうし、戦争が落ち着いたら急いで研究しなくては！」

研究熱心なモービル教授には悪いが、ウィニーとグラウニーには地方との連絡を頼みたいので、キャリガン王太子は笑いながら別の提案をする。

「魔法学校にはアクアー、ゼファー、フレアーがいるではありませんか。ラッセル達は中等科ですから、まだ何年も在籍していますよ」

「それはそうですが、彼らは他の教授の弟子ですからね。何となく遠慮してしまうのですよ」

竜を利用したいキャリガン王太子と研究したいモービル教授が言い合っている間に、フィンは竜舎からウィニーを連れてテラスに舞い降りた。

『ウィニー、窓を割らないように気をつけてよ。パックのお父さんに叱られちゃうからね』

『大丈夫だよ。ルーベンスの塔のテラスより広いから』

どこか呑気なフィンとウィニーの会話に、キャリガン王太子達は笑ってしまう。

テラスでウィニーから飛び降りたフィンは、掃き出し窓を全開にして、寝室へと案内した。

「師匠、ウィニーに治療してもらうからね！」

フィンは、何度も深呼吸して精神を統一し、ルーベンスを見る。モービル教授の指摘を踏まえて見てみると、ルーベンスの右手には黒い影が潜んでいた。

『ウィニー、師匠の右手の傷を治して！』

『わかった！　やってみるよ！』

ウィニーから温かな気が、ルーベンスの右手に流れ込む。

『あっ、傷が消えた！　もしかして、治療できるかも！』

何度か血止めの技を掛けて、出血はしなくなっていたが、呪返しに使った右手には深い傷が残っていた。

それがなくなり、フィンが今まで治療した時に覚えていた、底の抜けた樽に魔力を注ぎ込んでいるような感覚がなくなった。

「ううむ……」

ロイマールで倒れてから、全く無反応だったルーベンスが唸っただけでも、フィンは涙ぐんでベッドに駆け寄る。

「師匠！」

目を開けてくれるのではとフィンは期待したが、まだ意識を回復しない。

「フィン、ここまで弱っていたら、一気に回復するのは望めない。少しずつ、根気よく治療を続けるしかないんだよ」

モービル教授に諭されて、フィンは力なく頷く。

「そうですね……でも、少しでも早くと思ってしまうんです」

その場にいたキャリガン王太子、モービル教授、ベーリングの全員がフィンと同じ思いだった。守護魔法使いが倒れたことで味わった辛苦が、それぞれの胸に痞えていた。

その空気を裂くように、「ぐるるるる……」とフィンの腹の虫が再び鳴いた。深刻な時でも食べ盛りのフィンのお腹は空く。

「私がルーベンス様の側にいるから、フィンは朝食を食べて来なさい」

フィンはモービル教授に背中を押されてルーベンスの寝室を出た。

「食堂にいますから、何かあったら呼んでくださいよ」

廊下で未練がましく叫んでいるフィンに、三人は苦笑する。

「ルーベンス様の治療は任せました。フィンにはカザフ王国の情勢を尋ねたいから」

そう言い残し、フィンを追って出て行ったキャリガン王太子が何を心配しているのか、モービル教授もベーリングも察しがつく。こんなに弱ったルーベンスが、防衛魔法を維持できる訳がないのだ。

二十六　フィンとキャリガン王太子

腹に何か入れなければと食堂に下りたフィンは、友達に囲まれた。

「フィン、ルーベンス様が倒れたと聞いたけど……」

一番仲の良いパックですら、聞きにくそうにしていたが、ここにはそんな遠慮など持ち合わせていないアンドリューがいた。

「ルーベンス様は大丈夫なのか？　国境に掛けてある防衛魔法は維持……むぎゅ」

ここにいる全員が知りたいことだったが、それを聞くのは怖い。ラッセルに口を塞がれて、アンドリューは真っ赤になる。

「ラッセル、アンドリュー殿下を放して。師匠は大丈夫だよ。まだ回復するには時間が掛かりそうだけど、前みたいに治療が空回り(からまわ)している感じはなくなったんだ。だから、俺も朝食を食べに来たんだ」

「そうか、それは良かった！　ルーシー！　フィンに何か食べさせてやって」

喜んでフィンの背中をバンバン叩きながら、パックは食堂の椅子に座らせる。

ラッセルやラルフは、フィンが巧妙に答えを誤魔化したのに気づいた。

つまり、三百年前にアシュレイが掛けた防衛魔法が消えたのだ！　その衝撃に動揺するラッセル達に、フィンはシチューを食べながら、素早くウィンクする。

「まさか……」

フィンのウィンクは何を意味しているのか、問い質したい二人だったが、ぱくぱくと凄い勢いで食べているので、食べ終わるのを待つ。

「フィン、食べ終わったか？」

ところが、キャリガン王太子にフィンを連れ去られてしまい、待った甲斐なくラッセルとラルフは悶々と過ごすこととなった。


フィンはキャリガン王太子に会議室に連れ込まれ、仕方なく質問に答える。

「フィン、一番大事なことだが……防衛魔法は消滅してしまったのだな？」

キャリガン王太子の沈鬱な顔から、既に知っているのだと判断したフィンは頷く。

「ええ、サリン王国から帰国して倒れた時とは違い、今回は維持していません。カザフ王国から帰国する時に、防衛壁の上を飛びました」

「……やはりそうか」

ウェストン騎士団の調査でわかってはいたが、改めてフィンから厳しい現実を告げられると、頭を抱え込んだ。

「それは全ての防衛魔法が消えたということか？　カザフ王国との国境に掛けられた防衛魔法だけでなく？　フレデリック王が亡くなったとはいえカザフ王国は大国だ。その国境線の防衛魔法が消えただけでも大変なのだ。サリン王国やバルト王国との国境に掛けられていた防衛魔法も消えたのか？」

もしかしたら？　という微かな望みに縋り付いて確認してくるキャリガン王太子に言いにくかったが、フィンは事実を告げる。

「全て消えたはずです。師匠は国境線の防衛魔法を百年も維持していましたが、今は維持できる状態ではありません」

「そうか……」

ガックリと肩を落としたキャリガン王太子を、フィンは力づける。

「大丈夫です！　俺が防衛魔法を掛け直しますから！」

キャリガン王太子は、フィンがアシュレイの子孫であるのは知っていたが、そんな大それたことを言い出したのに驚いた。

「国境線に？」

「ええ、そうです！　前に師匠と実験したんです。竜達に協力してもらえば、きっと掛け直せます！」

「竜に？　ああ、そういえば、アシュレイは竜に卵を孵す約束をして、魔力をもらったという伝説が残っている。そうか、竜ならできるのかもしれない！」

フィンは、キャリガン王太子がアシュレイの名を出したのでドキンとする。

「アシュレイ……そうだったかなぁ。兎に角、ウィニーとグラウニーに協力を頼みます」

アシュレイの話を深く追及されてはたまらない、と逃げ出そうとしたフィンを、キャリガン王太子は止める。

「グラウニーは、ファビアンとサリヴァンに行っているから、帰って来るまでロイマールで起こっている内乱について詳しく説明して欲しい」

「えぇっ、内乱の説明と言われても、俺は何も……」

ニッコリと微笑んだキャリガン王太子に肩を掴まれて椅子に座らされ、フィンはグラウニーが帰って来るまで、ロイマールで見たことをあれこれ質問されて話した。

「そうか、カイル王子と王女の一人も蘇りの呪の犠牲になったのか。その王女とは誰なのだろう？　フレデリック王の王女は各国の王族に嫁いでいるはずだが、誰が？」

自国に攻め入ったカイル王子には全く同情しなかったキャリガン王太子だったが、罪もないのに犠牲になった王女は気の毒に思う。

「さぁ、俺には亡霊は見えませんでした。南の島で会った呪術師の孫も亡霊が見えると言っていました。もしかしたら、呪術師は死んだ後の世界と繋がっているのかもしれません。師匠の場合は、呪返しを通して蘇りの呪と関係を持ったから見えたようですが、どの王女かまではわからなかったみたいです」

「多分、フレデリック王が危篤だとか言われて帰国したのだろう。ということは、遠国ではないな。しかし、そうなると残された王族はカザフ王国に恨みを持つのではないかな？　政略結婚とはいえ、一度家族になった者には、情が湧くことも珍しくない。それこそ、チャールズ王のようにな。たとえそうでなくても、フレデリック王が亡くなったことは大きなチャンスだ。支配下に置かれている国に、離反する動きが出るかもしれない」

　キャリガン王太子がもう次の手を考えているのにフィンは驚く。

「確かロイマールの四分の一が火災に遭っていたと言ったな？　それは、もしかして貴族の住む地域だったのではないか？」

「ええ、そうです。庶民が住む下町は大丈夫でした。貴族の屋敷が焼けていたので、延焼も少なく済んだのだと思います」

「誰の屋敷かわかるか？」

　キャリガン王太子はどの貴族の屋敷が焼けたのか興味を持って質問する。

「さあ……俺は呪返しだけで……」

　キャリガン王太子は、至急ロイマールの情勢を調べる必要があると大きく頷いた。

「フレデリック王の後継者は誰になるのか？　そして、後継者争いに負けた王子達の動静を監視しなくては！」

フィンは国の政策(せいさく)を担(にな)う上級魔法使いになるのだからと、キャリガン王太子はルーベンスが倒れた機会を利用して、少しずつ政治について話すことにする。

「フィン、君はこの後カザフ王国がどうなると思う？」

「北の王国に派遣されているルード王子は、サリン王国を併合する策略(さくりゃく)を巡(めぐ)らすような野心家です。王座に就(つ)けなかったからといって、大人しく新王に従うとは思えません」

今年の夏の始めにミランダ姫から軟禁されているチャールズ王子を助けて欲しいという手紙が来たのを、キャリガン王太子も思い出した。

「そうだ！　ミランダ姫の手紙の結末も報告を受けていなかった。ルーベンス様とフィンがチャールズ王子を救出し、麻薬漬けだったジェームズ王を蟄居(ちっきょ)させたのか？　帰国早々、ルーベンス様は倒れてしまったし、サリヴァンで休養するようにマキシム王が命じた時には、バルト王国へ行った後だった。そもそも、何故バルト王国に行って、さらにカザフ王国にも潜入したんだ？」

フィンは、そんな苦情は師匠に言って欲しいと内心で文句を言う。

「ええっと……バルト王国に向かったのは、フレデリック王が病を得たのではないかと師匠が考えたのが切っ掛けです。内乱が起これぱバルト王国にも影響があると思われたので、外遊(がいゆう)中のアンドリュー殿下を連れ戻し、そして、海の上に防衛魔法を掛ける方法を調べるために水占い師に魔法陣を習いました。その後は嫌な予感がしてロイマールへ……」

キャリガン王太子は、しどろもどろのフィンを問い詰めるのを、今は諦める。

「アンドリューを帰国させてくれた件は感謝している。すぐ後にカザフ王国が攻めてきたからな。バルト王国とは同盟を結んでいるが、戦時下に王族が自国を離れているのは良くない。それに、フィンが海上に防衛魔法を掛けてくれたから、カザフ王国を撃退できたのだ。フィンは、防衛魔法を掛け直すと言ってくれた。それなのに、報告がなかったことで君を責めたりして、すまない」

王太子に謝られて、フィンは両手を振って否定する。

「いえ、いえ！　師匠は気儘に行動するのに慣れているから……また元気になって欲しいです」

それはキャリガン王太子も同じ気持ちだ。事前の相談どころか、事後報告もないルーベンスだが、シラス王国のために尽くしてきてくれていたのだ。

「そうだな！　だが、治療はモービル教授達に任せて、フィンはしばらく休養するのだよ。防衛魔法を掛けるのだからな」

フィンは、グラウニーが帰ってきたらすぐに防衛魔法を掛け直すつもりだったが、竜にも休息が必要だと考え直す。

「そうですね、ウィニーとグラウニーも休ませてやらなきゃ！　ウィニーに餌をあげてきます！」

言うが早いか竜舎へ駆け出したフィンに、キャリガン王太子は呆れた。礼節に則れば、王族に退出の許しを得た後で、下がらなければならないのだ。

「フィンは礼儀作法を学ぶ必要があるな。後でラッセルに仕込んでもらおう。ルーベンス様は瑣末なことだと笑って無視されるだろうからな」

フィンとアンドリューが一緒に竜舎に駆け込むのを窓から見て、キャリガン王太子は微笑んだ。

ルーベンスが倒れて防衛魔法が消え、不安で白髪が急に目立つようになったキャリガン王太子だったが、次代の守護魔法使いと息子が仲良くしているのを見ると、何もかも大丈夫な気がしてきたのだった。

二十七　防衛魔法を掛け直そう！

「フィン、ウィニーには餌をやったよ！」

竜舎に付いて来たアンドリューを無視して、フィンはウィニーに食堂でもらった鶏を一羽やる。

『ウィニー、前に師匠と実験したのを覚えている？』

それを聞いて、ウィニーはフィンが何故余分に餌をくれたのか理解した。

『防衛魔法を掛け直すんだね！』

ウィニーの返事にアンドリューは真っ青になる。

「防衛魔法が消えたのか！　さっきフィンは大丈夫だなんて言ったけど、実はルーベンス様は亡くなったのか？」

フィンは騒ぐアンドリューを睨みつける。

「縁起でもないことを言わないでください！　師匠は死んだりしません！　でも、回復まで時間が掛かるし、防衛魔法がないままだと困るから、掛け直すんです。あっ、このことは絶対に口外してはいけませんよ。今、攻めてこられたら困りますからね」

アンドリューだって馬鹿ではない。自国の危うい立場は身に染みてわかっている。

「それはわかっている。で、フィンは本当に防衛魔法を掛け直すことができるのか？　歴代の上級魔法使い達も維持するだけで、掛け直したりはできなかったと聞いたけど……」

「俺だけでは無理だから、竜に協力してもらいます。チビ竜達は成長途中なので外しますが、ウィニーとグラウニーはもう成長し切ったとバースも言っているし……ちょっとアンドリュー！　ウィニーが食べている横で叫ばないで！」

魔法学校以外では『殿下』をつけているフィンだが、成長し切ったと聞いて興奮しだしたアンドリューがあまりにうるさいので、思わず呼び捨てにした。

「やったぁ！　竜が成長し切ったなら、卵を産むかも！　フィン、ウィニーが卵を産んだら私にくれるって前に言ったよね！　覚えてないなんて言わせないぞ！」

詰め寄るアンドリューに、フィンは覚えていると答えて、安心してもらう。

「でも、いつウィニーが卵を産むかはわからないけどね……」

一応、念を押しておくフィンだが、アンドリューの耳には届かない。

『ウィニー、しっかり食べるんだよ。あっ、もう一羽食べるかい？』

「あまり食べさせたら、腹を壊すんじゃない？」とフィンが呟く。

『ハッ、そうかも！　ウィニー、もう食べるのをやめたら？』

ウィニーは、アンドリューがずっと喋り続けているので、うんざりして言った。

『アンドリュー、卵を産んだらあげるから、今はゆっくりと食べさせて！』

『やったぁ！　竜は嘘をつかないよね！　私も竜の卵を手に入れられるんだ！』

フィンは、注意しても騒ぎ続けるアンドリューを竜舎から引っ張り出し、お守り役のユリアンとラッセルに引き渡した。

「いいかいアンドリュー、絶対に今日一日は竜舎に近づかないで！　あっ、そうだ！　ゼファー達と遊んだら？」

「そんなぁ、そりゃあチビ竜達も可愛い盛りだけど、今はウィニーの側に張り付いていたいんだ」

「そんなことされたら、ウィニーも迷惑だ。ユリアン、ラッセル頼んだよ」

ラッセルは、防衛魔法が危ういのではと心配して気持ちが落ち込んでいたが、フィンとアンドリューの元気な言い争いを見て、何となく大丈夫な気がしてきた。

「わかった！　アンドリュー殿下を竜舎には近づけないよ」

ラッセルが確約してくれたので、フィンは師匠の部屋へ戻る。これから防衛魔法を掛けるのだから治療してはいけないと、キャリガン王太子に注意されていたが、側にいたかったのだ。

「どうですか？」

「眠り続けておられる。だが、前より呼吸はしっかりしてきた」

モービル教授は、フィンにベッド横の椅子を譲る。

「今は俺がついていますから、お二人も食事してきてください」

「いや、私達はもう済ませたよ。ここに運んでもらったのだ」

フィンに治療で魔力を使わせないように、とキャリガン王太子に厳命されているモービル教授は、にこやかに退席を断る。

「そうですか……」

フィンは、師匠の手を取って、心の中で『防衛魔法を掛け直すから、心配しないでゆっくりと休んでください』とルーベンスに伝える。ルーベンスの意識があったら、心配で飛び起きたところだ。

「じゃあ、俺も休みます！」

フィンだって、防衛魔法を掛けるのにどれだけの魔力が必要なのかはわかっていない。前に西地域の海岸に防衛魔法を掛けた時の疲労を思い出すと、兎も角、休養しておくべきだと、フィンなりに判断したのだ。

「意外とあっさり引き下がりましたね」

ベーリングはまだフィンが防衛魔法を掛け直そうとしているのを知らなかったので、不思議そうに首を傾げる。

「まぁ、そのうち君も合点がいくと思うよ。いや、賛成はできないかもしれないが……」

勘の鋭いベーリングは、ハッと息を呑んだ。

「もしかして、フィン君は……」

シラス王国の重大機密を口にするのを控えたベーリングだったが、心の中で成功を祈った。

身体にも精神にも疲れが溜まっていたので、フィンはベッドに横たわると、自然に眠りに落ちた。

お昼を過ぎ、まだすやすやと眠るフィンの耳に、竜舎から元気な声が飛び込んできた。

『フィン、グラウニーが帰って来たよ！』

お昼寝を済ませて上機嫌なウィニーの声に起こされたフィンは、疲れがかなり解消されたので、ベッドから元気よく飛び降りた。

『ファビアンに説明してから、グラウニーに頼みに行くよ。いっぱい餌を運んでもらうから、食べるように勧めてね！』

キャリガン王太子に命じられるより、自分から協力を頼みたいと、フィンはファビアンを探す。

「ファビアン！　話があるんだ！」

竜舎から館に入ってきたばかりのファビアンは、手にマキシム王からの返書を持っていた。

「キャリガン王太子にこれを渡してからで良いかな?」

「ふうん、わかった。じゃあ、その場で頼むことにしよう。俺も一緒に行くよ」

ファビアンは自分の後ろを付いて来るフィンを怪訝に思いながらも、沈鬱そうだったマキシム王の手紙を、早くキャリガン王太子に渡さなくてはと足を速める。

「まだファビアンの方がずっと背が高いんだよなぁ」

歩幅（ほはば）の違いで、後ろを小走りで付いて行く羽目になったフィンが愚痴るが、急ぐファビアンは歩くスピードを落とさない。

「後で話すのではいけないのか？」

階段を駆け上りながらも、身体を鍛(きた)えているファビアンは息一つ乱さない。フィンだって農作業で身体は丈夫だが、このところ疲れ気味だったので、息が上がっている。

「いや、キャリガン王太子のいる所で頼みたいことがあるから」

ファビアンはそういうことならと納得し、フィンと一緒にキャリガン王太子が作戦本部にしている会議室の前に立った。

「ファビアンです。マキシム王の手紙を届けに参りました」

入るようにと声が掛かってから、ファビアンは入室する。フィンはその後に付いて入る。

「おお、ファビアン、ご苦労だった」

ファビアンは、ルーベンスが倒れて防衛魔法が消滅したのではと察していた。そして、キャリガン王太子がそれをマキシム王に報告したのだと、読んでいる時の王の暗い顔で確認していたので、王太子の明るい声に驚いた。

「キャリガン王太子、俺からファビアンに頼ませてください！」

「フィン、無礼(ぶれい)だよ」

突然フィンが口を挟んできたので、ファビアンは驚いて止めようとする。

「その方が良いとフィンが判断したのなら、任せる」

緊急であるはずのマキシム王からの返書も開こうとせず、大(おお)らかな態度でフィンに許可を与えるキャリガン王太子を、ファビアンは不思議に思う。

「ええっと、ファビアンには防衛魔法を掛け直す手伝いをして欲しいんだ」

突然、とてつもなく重大なお願いをされて、ファビアンは腰を抜かしそうになる。

「お前、そんな冗談は不謹慎だぞ！　まさか、ルーベンス様が……」

自分が留守にしている間に、ルーベンスが亡くなったのかと血相を変えたファビアンに、フィンが慌てる。

「師匠は大丈夫！　でも、回復するまで時間が掛かりそうなんだよね。防衛魔法が消えちゃったままじゃ、カザフ王国だって攻めて来るかもしれないし、北のサリン王国やバルト王国だって南に来たくなるかもしれないじゃん。だから、俺が防衛魔法を掛け直すんだけど、竜の協力が必要なんだよ」

ファビアンは、軽い口調で国の命運を懸けた任務の内容を話すフィンに、やはり上級魔法使いになる男は器が違うと感心して、大きく頷く。

「俺とグラウニーにできることなら、何でも協力するよ！」

「よく言った！　それでこそシラス王国の騎士に相応しい態度だ」

キャリガン王太子に誉められて、ファビアンは照れる。

普段は冷静なファビアンの年相応な様子に、フィンは笑った。

「じゃあ、グラウニーにも頼みに行かなきゃ！」

許可も得ず退席したフィンの無礼さにファビアンは呆れ、自分のことのように申し訳なく思う。

「すみません、指導不足です」

「まぁ、礼儀作法など、防衛魔法を掛け直すなんて重大任務に比べれば、瑣事に過ぎない。それより、グラウニーの側に付いてやりなさい。ウィニーより一つ年下なのだから、無理をさせないように注意してやれ」

ファビアンがキャリガン王太子に退室の許可を得てから、竜舎に向かうと、既にフィンがグラウニーに頼んだ後だった。

「ファビアン、グラウニーも協力してくれるってさ！　あっ、もう少し餌を食べさせた方が良いかもしれない。持って来るよ！」

ファビアンが呼び止める前に、フィンは食堂に走り出した。

「もっと落ち着かないと、防衛魔法どころじゃないだろう。ほら、こけるぞ！」

フィンは、師匠が目覚めた時に防衛魔法が消えて他の国の脅威に曝されていたら、ゆっくり休養するどころじゃないだろうと、気が急いていたのだ。

「絶対に成功させなきゃ！」

魔法学校の落ちこぼれと呼ばれていたフィンは、上級魔法使いのルーベンスの弟子になり、ずっとその偉大な庇護下でゆっくり成長していたが、この時から自立の道を歩み始める。

師匠が倒れ、政治と向き合う機会を得たことを切っ掛けに、自分でシラス王国を守護していく覚悟を固めたのだった。

二十八　フィンの防衛魔法

フィンの防衛魔法を掛け直す作戦は単純明快(たんじゅんめいかい)だった。

「ファビアンには、グラウニーと北のノースフォーク騎士団に行ってもらいたいんだ。で、一日疲れを癒してから、防衛魔法を掛けて欲しい。俺はウィニーと南西から防衛魔法を掛け始めるから、ファビアンはグラウニーに北東から防衛魔法を掛けさせてね」

「そんな単純なやり方で上手く行くのか？」

「やってみなきゃわからないよ。でも、掛け直さないといけないんだ！」

常人と桁違いの魔力を持つフィンと違い、ファビアンは魔法を掛けず、グラウニーにやってもらう予定だ。

ウィニーから熱血指導を受けたグラウニーは、元々防衛魔法が土の魔法体系なのもあって、すぐに上達した。

こうして、フィンとファビアンは防衛魔法を掛け直す準備を整えた。

決行の日の早朝、まだ暗い部屋で目覚めたフィンは、テラスから海を眺めながら、不安な気持ちを振り払う。

「アシュレイ！　俺に竜の卵を遺(のこ)してくれて、ありがとう。ウィニーと巡り会えたのは、凄くラッキーだったよ。防衛魔法を掛け直すのが上手くいくよう、力を貸して！」

偉大な祖先に、これからする大仕事の成功をお願いすると、隣の部屋を覗く。

「じゃあ行ってきます！　師匠、早く良くなってね！」

フィンは、眠ったままのルーベンスに、明るく声を掛けて出かけた。

ウィニーと飛び立つフィンを見送ったキャリガン王太子は、不安と期待でじっとしていられず、せかせかと部屋の中を歩き回っていたが、報告を待ち切れず、館から飛び出して馬に飛び乗ると、国境まで走らせる。

「フィンが成功してくれれば良いが……全ての国境線に掛けられなくても構わない。せめてカザフ王国とサリン王国との国境だけでも！」

キャリガン王太子が国境に向かっていた頃、フィンは南西の海岸線から北に向かって防衛魔法を掛け始めていた。

『ウィニー、一緒に防衛魔法を掛けよう！』

『グラウニーはまだ若いから、私達が頑張ろうね！』

年上の意地を見せようと張り切るウィニーと共に、フィンは防衛魔法を掛け始める。

『俺は、石垣に手をついた方が掛けやすいんだ。それでできる限り遠くまで防衛魔法を掛けるから、その続きは飛んで移動してからにしよう！』

『わかった！　やってみようよ』

ウィニーは、ルーベンスと試した時のようにフィンに魔力を注ぐ。

『わぁ！　ウィニー、張り切っているね！』

『だって、グラウニーには負けられないもん』

フィンは、土の魔法体系のグラウニーの方が得意だろうと思っていたが、それは胸にしまっておく。

『別に競争じゃないけど、頑張って掛けよう！』

防衛壁の外側には、三百年前に兵士達が積んだ石垣がある。フィンはその上に手を付くと、土の中から防衛魔法を引っ張り出す。

『このくらいの高さがあれば十分だよね！』

天まで届くほどではないが、人も馬も、勿論、矢や槍だって届きそうにない防衛魔法を、フィンは満足そうに眺める。

『この高さなら、竜だって飛び越えるのは難しいよ』

ウィニーも誇らしげに眺めていたが、これで終わった気になってはいけない。国境は長いのだ。

『ウィニー、続きを掛けよう！』

フィンはウィニーに乗ると、防衛魔法沿いに飛んでいく。しばらく進むと、防衛魔法が低くなっている地点が見えたので、舞い降りた。

『結構遠くまで掛けられたね』

馬だと半日はかかる距離に掛けられたとフィンは嬉しくなったが、肩に掛けた袋から地図を取り出して、残りの距離をチェックすると溜め息をつく。

『まだまだだよぉ、さぁ、掛けて、掛けて、掛けまくるよ！』

『わかったよ』

ウィニーとフィンは、こうして西から防衛魔法を掛けていく。

東北の海岸線に立ったグラウニーとファビアンは、少し緊張していた。

その後ろで、ノースフォーク騎士団の団員達が固唾(かたず)を呑んで見守っている。

前々日、ファビアンが到着して事の次第を知ったクレスト団長は驚いた。

既に防衛魔法の消失に気づいて不安を抱いていたノースフォーク騎士団にとって、新たな防衛魔法はありがたいが、若いフィンやファビアンに掛けられるのか疑問が湧いてしまう。

思わずファビアンを質問攻めにしたクレスト団長を窘めたのは、ファビアンの父で副団長のレオナール卿だった。

「クレスト団長、私達の不安をファビアンやグラウニーに背負わせないようにしましょう。魔法を掛ける時に一番重要なのは、精神の安定です」

中級魔法使いであるレオナール副団長の忠告を重く受け止め、クレスト団長は努めて平静を心がけ、団員にもそれを徹底させた。そのおかげで、ファビアンは丸一日の休養をのびのびと過ごすことができた。

だが、いざ防衛壁を前にするとそうはいかないらしく、ファビアンはノースフォーク騎士団の緊張感を敏感に受け取った。

目の前に広がるのはサリン王国の国土。ここは敵国のすぐ近くなのだ。

「そりゃ、そうだよな。アシュレイが掛けた防衛魔法に三百年も護られていたのだから……」

ファビアンは防衛壁に登ると、小石を投げてみる。前に試した時は、見えない防衛魔法に跳ね返されたが、今回は放物線を描いてサリン王国の土の上に落ちた。

不安そうに見ていた団員達の視線に構わず、ファビアンはグラウニーに『防衛魔法を掛けよう！』と号令をかけた。

『わかっているよ！　ウィニーには負けられないからね！』

『別に勝ち負けの問題じゃないんだよ』

妙なグラウニーに首を捻るファビアンだったが、再び投げた小石が、今度は跳ね返ったのを見て、満足そうに頷いた。

『防衛魔法がちゃんと掛かっている！』

『当たり前さ！　だって私は土の魔竜なんだから』

『そうだね！』

グラウニーを労ってやりながら、ファビアンは次の地点まで飛ぶ。その途中でファビアンは、グラウニーがウィニーを凄く意識しているのに気づいた。

『ウィニーは何かにつけて「自分は年上だから」って言うんだ。そりゃ、確かにウィニーには魔法を教えてもらったりしたけど、そんなに子ども扱いすることないじゃない。だから防衛魔法で見返してやるんだ。それに、土の魔法体系で負ける訳にはいかないよ！』

『グラウニー、あまり気負い過ぎないでくれよ』

『わかっている！』と答えながらも、次、次と急ぐグラウニーがファビアンは心配だった。グラウニーはウィニーに気があるので、年上ぶられるのが嫌なのだ。

防衛魔法を西から掛けたウィニーと、東から掛けたグラウニーが出会った時、空には一番星が煌めいていた。フィンは汗だくでファビアン達に声を掛ける。

『グラウニー！　ファビアン！　やったね！』

しかし、結局ウィニーに大差をつけられてしまったグラウニーは落ち込んでいた。

『やっぱりウィニーに負けちゃった……』

フィンは防衛魔法を掛け直して疲れ切っていたが、落ち込んでいるグラウニーを放っておけない。

『何を言っているの？　グラウニーは凄いことをしてくれたんだよ。シラス王国を護る守護竜じゃないか！』

『守護竜！　私が？』

フィンは力強く頷く。

『そうだよ、ウィニーとグラウニーには、いくら感謝しても足りないよ！』

『グラウニー、よくやったね！　こちらはフィンと二人だもん。こんなに進んでくれてるだなんて、驚いたし嬉しかったよ！』

大好きなウィニーにも褒められて、グラウニーは嬉しくなり土をガッツンガッツンと掘る。

『わっ、土が……グラウニー、そんなに嬉しいんだね。好きなだけ掘って良いよ』

土を被ったファビアンも、これだけ頑張ってくれたグラウニーに文句は言えないと笑う。

フィンは、うねうねと国境線に掛けられた緑の防衛魔法を満足そうに眺めていたが、ウ

イニーにツンと背中を押される。

『フィン、帰ろう！』

『そうだね、皆疲れているよね』

ファビアンとフィンは、それぞれの竜に乗ってベントレーへ戻った。

こうして、アシュレイが三百年前に掛けた防衛魔法は、フィンと竜によって掛け直された。だが、フィンは思いがけない問題にぶち当たった。皆、新しい防衛魔法を『フィンの防衛魔法』と呼ぶのだ。

「違います！　俺の力だけで掛けたんじゃありません。前の防衛魔法と区別したいなら『ウィニーとグラウニーの防衛魔法』とか『竜の防衛魔法』と呼んでください！」

耳にする度にフィンは否定して回ったが、その甲斐なく、シラス王国では『フィンの防衛魔法』で定着してしまった。

二十九　終戦の使者

キャリガン王太子は、防衛魔法を掛け直すという偉業を達成したフィンと竜達を労った。

『フィン！　ウィニーとグラウニー、そしてファビアン！　よくぞ防衛魔法を掛けてくれた。感謝する』

ファビアンは身体を鍛えているし、実際にはグラウニーが防衛魔法を掛けたので、フィン達より疲れていなかった。きちんと立ってキャリガン王太子の言葉を聞いていたが、フィンはウィニーに寄りかかり、うとうとする。

『眠い……』

『すまない！　疲れているのだから、話は明日にしよう』

フィンと竜達が疲労困憊していることにキャリガン王太子は気づいて休ませる。

『ウィニー、グラウニー、餌は？』

『今は眠りたい。あっ、後で食べるかもしれないから、竜舎に置いといて……おやすみ……』

竜舎に着いた途端スヤスヤ眠り出した二頭を見た後、ファビアンに支えられるようにしてフィンもフラフラと屋敷の階段を上る。

「フィン！　防衛魔法を掛け直したのか？」

アンドリューや友達の称賛（しょうさん）する声に応える元気も、今のフィンにはない。

「フィンは疲れているんだ。後にしてくれ！」

「防衛魔法は全ての国境線に掛けられたのか？」

「そうです」

アンドリューの質問に、ファビアンが答えると大歓声が上がった。

「凄いな！」

「フィン！　やっぱり最高だよ！」

駆け寄る友達への対応をファビアンに任せて、フィンは手摺に縋りながら階段を上った。

疲れ切っていたが、ルーベンスの部屋には顔を出した。

「ベーリングさん、師匠は？」

「フィン君、心配しないで休みなさい。ルーベンス様が目を開けたら知らせてあげるから」

ベーリングも屋敷に響いた歓声を聞いて、偉業を讃えてやりたかったが、今は堪えてフインが必要としていることだけを伝える。

「お願いします……」

ふらふらと自分の部屋のベッドまで辿り着いたフィンは、バタンと倒れ込んで眠りについた。


フィンが防衛魔法を掛け直し爆睡していた頃、カザフ王国の王都ロイマールではイザベラ王妃が、オットー王子を支援する貴族を集めて話し合っていた。

「フレデリック国王陛下が崩御されたのはとても悲しいことですが、政治の空白期間を長引かせてはいけません」

喪服に身を包んでいるが、少しも悲しみを表していないイザベラ王妃が何を言いたいのか、この場にいる全員が理解していた。

「その通りです！　イザベラ王妃がお産みになったオットー王子こそが正式な王子であり、フレデリック国王陛下亡き後のカザフ王国を治めるべきです」

王妃の弟にあたるカンナバル侯爵が口火を切り、他の貴族も賛同する。オットー王子は凡庸だが、その分他の王子よりも御し易いと、イザベラ王妃の味方は意外に多かった。

「しかし、ガラナー伯爵を取り逃がしたのは痛いですな。領地から兵を集めて戴冠式を阻止しようとするかもしれません」

カイル王子の伯父であるガラナー伯爵は処刑に憤り、まだ反乱を続けている。後継者候補だったカイル王子を失ったガラナー伯爵に味方する貴族がまだいるのが、イザベラ王妃には理解できず腹立たしい。

「今更、ガラナー如きが騒いでも無意味ではありませんか」

怒りを露わにするイザベラ王妃に貴族達は「ごもっともです」と言ってご機嫌をとるが、カンナバル侯爵は難しい表情だ。

オットー王の戴冠式の日取りを決めて、貴族達が退席した後、姉のイザベラ王妃と密談する。

「ガラナー伯爵は、ルード王子かアンソニー王子を反オットー王の旗頭にするつもりなのでしょう」

「まさか、あんな侍女風情が産んだ庶子が本気で王位に就けるとガラナー伯爵は考えているのですか？」

フン！　と鼻で笑うイザベラ王妃を、カンナバル侯爵が諫める。

「確かに身分の低い側室が産んだ王子ですが、狡賢さはフレデリック王譲りです。王都を逃げ出す前もガラナー伯爵に与していました。オットー王の治世に影を落としかねません」

我が子の治世に影を落とすと言われて、イザベラ王妃も真剣に考え始める。

「ルードは北のモンデス王国、アンソニーは西のタリア王国に派遣されていましたね。両国はこの二人を暗殺してくれるかしら？」

カンナバル侯爵は、姉が全く外交の知識を持っていないのに気づいて呆れた。

「確かに両国とも、カザフ王国の見張りの王子など邪魔で仕方ないでしょうが、それを殺してもらうなんて大間違いです。きっと見張りがいなくなった隙をついて、独立しようとするでしょう。王妃殿下は二国を手放すおつもりですか？　それでなくても、カイル王子が勝手にシラス王国と戦争を始めた後始末が残っているのに……」

イザベラ王妃は頭を抱えるカンナバル侯爵のご機嫌をとる。自分の息子に最大限の領土を統治させるには、弟の力を借りるべきだと考えたのだ。

「あら、そうだったの？　私は外国には詳しくないものだから。やはり、貴方は頼りになるわ。オットー王の宰相としてカザフ王国を支えてもらわないと」

カンナバル侯爵は、その言葉を待っていた。新王の外戚として権力を我が物にするという長年の望みを叶え、含み笑いをする。

「では、私の言う通りにしてください。今はシラス王国なんかに構っておられません。無意味な戦争を終わらせ、ガラナー伯爵の反乱を鎮圧しましょう。そして、その後で両国に私達の信頼できる大使を派遣して、ルード王子とアンソニー王子を始末させるのです」

「それが良いわ！　シラス王国なんて小国に関わっている場合じゃないもの。貴方がつまらない戦争を上手く終わらせてね」

イザベラ王妃は、これで我が息子オットー王の治世は安泰だと高笑いした。

オットー王の戴冠式は、イザベラ王妃が思い描いていたほど豪華ではなかったが、カンナバル侯爵や味方の貴族達の立会いのもと、滞りなく執り行われた。

遠く離れたロイマールで、オットー王の戴冠式が行われたことも知らずに、フィンは丸一日眠って目覚めた。

「今は朝？　あ、もう夕方か……」

空腹を満たそうとベッドから降りたフィンは、ふと師匠の気配を感じ、続き部屋へと駆け込む。

「フィン、もう良いのか？」

ルーベンスのベッドの横で付き添っているモービル教授に答えるのももどかしく、フィンはルーベンスの手を握る。

「師匠！」

「……フィン……」

うるさそうに青い目を半分開いたルーベンスに、フィンは興奮する。

「師匠！　師匠！　目を覚ましてください！」

しかし、意識が戻ったのは一瞬だった。ルーベンスはまた眠りに落ちてしまう。フィンは、師匠に目覚めて欲しくて、治療の技を掛けようとする。

「フィン、やめなさい！」

「だって、師匠が目を開けたんですよ！」

不満そうなフィンを、モービル教授は優しく諭す。

「私だってルーベンス様に回復してもらいたい気持ちは同じだよ。でも、無理に治そうとするのはルーベンス様の身体にも良くないのだ。少しの間でも意識が戻ったのだから、ゆっくりと回復されるのを待とう」

フィンは、モービル教授の言葉に、その通りだと小さく頷く。

「師匠……ゆっくりと休養してください」

「それよりフィン、君も休養が必要なのではないのか？」

国境線に防衛魔法を掛け直し、今もそれを維持しているフィンをモービル教授は心配する。

フィンは言われてみて、確かに一日眠ったにもかかわらず倦怠感が残っていると気づいたが、前に海の防衛魔法を掛けていた時ほどではないので、少し考え込む。

「そうか、きっとウィニーとグラウニーも手伝ってくれているんだ！　様子を見て来なきゃ！」

「これ、待ちなさい！」

モービル教授は慌てて部屋を飛び出すフィンに呆れる。

入れ違いにやって来たベーリングが、モービル教授に笑いかけた。

「フィン君は元気そうですね」

「フィンが偉大な魔法使いになるのは確実だが、もう少し落ち着かなくてはなぁ」

ずっとルーベンスに付き添っているモービル教授のために夕食を運んで来たベーリングは、階段でぶつかりそうになったと笑う。

「おお、そうだ！　さっきルーベンス様が一瞬目を開けられたのだよ」

「それは良かったです！」

交代で治療しているベーリングも、顔色が良くなったルーベンスを見てホッとする。

「フィン君も防衛魔法を維持しているのに、そんなに負担になっていないようです。後は、ルーベンス様が回復されれば……」

「もうひと頑張りだね」

モービル教授は、ルーベンスの看護をベーリングに代わってもらい、夕食を口にした。

フィンは、竜舎に足を運んでウィニーとグラウニーの様子を見る。

『もしかして、ウィニーとグラウニーが防衛魔法を維持するのを手伝ってくれているの？』

『そうだよ！』

二頭は胸を張ってフィンの質問に答えた。

フィンは、ウィニーとグラウニーの首に抱きついて礼を言う。

『ありがとう！』

ウィニーとグラウニーは、嬉しそうにくぴくぴと鳴く。

ルーベンスは薄紙を剥(は)ぐように少しずつ回復した。

意識がはっきりすると、倒れていた間のことが気になり始める。

「フィン……防衛魔法は?」

心配そうなルーベンスを安心させるようにフィンは言った。

「ウィニーとグラウニーに手伝ってもらって掛け直したよ」

ルーベンスは安心するどころか、ガバッと起き上がる。

「大丈夫なのか?　防衛魔法を維持するのが負担になっていないか?」

「わぁ、師匠が起きた!　防衛魔法の維持もウィニーとグラウニーが手助けしてくれているから、そんなに負担になってないよ」

ルーベンスは急に起き上がったので目眩がして、ボスッと枕に頭を下ろす。

「無茶をする奴め……」

フィンは、自分を心配してくれる師匠に微笑む。

「早く元気になってください。そうしたら、防衛魔法をお返ししますから」

「ふん、すぐに回復するさ」

まだ身体は弱っているのに口だけは元気になった師匠に、フィンは「待っています」と言い返した。

それからは、フィンはルーベンスに付き添って、増血効果のある煎じ薬や、回復に効果的な食べ物を勧めるのに専念した。

「レバーなど嫌いじゃ！」

「レバーは増血に効果的なんです」

モービル教授は、フィンが師匠に対して遠慮をしないのに驚いたが、我が儘で頑固な患者の付き添いには辟易していたので、任せることにした。

「赤ワインも身体に良いはずじゃ」

「お酒が飲みたいなら薬草酒はどうですか？」

「そんな薬臭い酒など飲みたくない！」

朝っぱらから二人が仲良く言い争っていると、どうも屋敷が騒がしくなった。

「ううん、うるさいなぁ。何事じゃ？」

まだベッドから出られないルーベンスの代わりに、フィンがベランダから外を見る。

「カザフ王国の戦艦が港に入ってきます」

「カザフ王国が攻めて来たのか？」

心配そうなルーベンスに、フィンは港の様子を伝える。

「いえ、白旗を掲げています」

「手を貸してくれ！」

ルーベンスは、フィンに支えられてテラスから港を見る。そこにはサザンイーストン騎士団の艦隊に包囲されたカザフ王国の軍艦が一隻、白旗を掲げて停泊していた。

「終戦の使者が来たのかもしれぬ」

「終戦ですか！」

「私は立ち会えぬから、お前を私の耳にしたい。キャリガン王太子やマキシム王の側に控えておれ」

「俺が？」

目をぱちくりさせているフィンに「サッサと行け！」と雷を落とすと、たった数歩で疲れたルーベンスは、ベッドに横たわった。

「師匠……！　わかりました」

フィンは、階段を二段飛ばしで駆け下りる。

「フィン、カザフ王国の使者が来たんだ！　きっと終戦だよ」

興奮したパックが自分より綺麗なシャツを着ているのに、フィンは目を付けた。

「パック、シャツを交換して！　俺のは師匠が投げつけたレバーペーストで汚れているんだ」

パックはフィンより背が高いので、サイズも違う。でも、汚れたシャツでキャリガン王太子の横に立って、カザフ王国の使者を出迎える訳にはいかない。

「わかった！　今はこれで我慢して！　何か新しい服を用意しておくよ」

慌ただしくシャツを着替えたフィンは、港へ移動魔法で飛んだ。

「フィン？　そうか、ルーベンス様の代理だな」

突然現れたフィンに、一瞬キャリガン王太子は驚いたが、ルーベンスがベッドから出られないので、弟子を代わりに寄越したのだと察した。

「師匠の耳になるようにと言われました」

フィンは、こんな重大な場に師匠なしで立ち会うのが心細くなるが、しっかりと耳になろうと覚悟を決める。

白旗を揚げたカザフ王国の戦艦から、豪華な衣装を着た数人の使者が、ボートに乗って港にやって来た。フィンは使者達が手にいくつも指輪を嵌めているのを見て、げんなりする。

『師匠、まるでサリヴァンの馬鹿な貴族みたいな使者です』

寝室にいるルーベンスに、フィンのげんなりした気持ちが伝わってきた。

『気を引き締めろ！　奴らは強欲だからな』

ルーベンスの忠告通り、カザフ王国の使者は少しでも安く終戦協定を結ぼうと企む、手強いカンナバル侯爵だった。

三十　早く終戦させよう！

カザフ王国の使者は、キャリガン王太子に優雅なお辞儀をして、格調高い古語混じりの挨拶をする。

「偉大なるカザフ連合王国のオットー王の宰相たるカンナバル侯爵から、シラス王国のキャリガン王太子殿下に、終戦の親書をお渡し致す」

　キャリガン王太子は、やはりイザベラ王妃が産んだオットー王子が後継者になったのかと、親書を手渡されながら頷く。

「フレデリック国王はいつ亡くなられたのか？」

　カンナバル侯爵は、ピンとはね上がった髭を、指輪を嵌めた手で擦りながら答える。

「それは、そちらの方が良くご存知ではござらぬか？」

　フィンはドキリとするが、キャリガン王太子は「何のことでしょう？」とすっとぼける。

「ここでは協議できません、マキシム国王陛下がおられる王都サリヴァンへ向かってください」

　カンナバル侯爵は少し頬を赤らめ、怒りも露わに抗議した。

「私達は、王都サリヴァンを目指していたのに、そちらの無礼な艦隊にこんな田舎の港に足止めされたのです」

　無礼と呼ばれたグレンジャー団長は全く意に介さず、にこやかに「私達がサリヴァンまで護衛いたします」と答える。

「護衛？　拿捕するつもりではあるまいな！」

カンナバル侯爵に付き添っている貴族から不満の声が上がる。

「カンナバル侯爵、今はまだ戦時下です。それも、そちらから一方的に攻められて！　そんな時にカザフ王国の戦艦が王都近くに現れたら、攻撃されますよ」

「白旗を揚げているのにですか？　国際ルールもご存知ないとは、野蛮なお国柄ですな」

キャリガン王太子も負けじと嫌味を返す。

「戦争を仕掛ける時は、宣戦布告をするのが国際ルールではありませんか？」

その切り返しに、カンナバル侯爵はコホンと咳払いして言い訳する。

「今回の両国の不幸な衝突は、カイル王子が勝手に招いたことです。我が国は、その責任者であるカイル王子を処刑いたしました」

まだカイル王子の処刑を知らない人々は騒めく。

「それだけで済むと思っているのか！　うちの領地は侵略され、畑も家も焼き払われたのだぞ！」

地元の領主達の怒りの声にも、カンナバル侯爵は涼しい顔だ。

「全て反逆者であるカイル王子の責任です」

キャリガン王太子は、この場でやり合っても無意味だと判断する。

「終戦の交渉は王都サリヴァンでしましょう」

「元々、こちらはその気でした」

フィンは、全ての責任を処刑されたカイル王子になすりつけて、戦争被害に遭った領主達に謝ろうともしないカンナバル侯爵に腹が立った。

それはその場に立ち会った人々も同じで、一触即発の雰囲気になったが、キャリガン王太子は領主達を制した。

「終戦の使者にはサリヴァンに行ってもらおう。後は、マキシム国王陛下にお任せするのだ」

これまで一緒に戦ってくれたキャリガン王太子の言葉に、領主達は従う。

カザフ王国の使者は、一瞬怯えた顔をしたが、それを高慢な仮面の下に隠して、そそくさと軍艦に帰って行った。

「賠償金をたんまりと搾り取ってください！」

先ほどのカザフ王国の態度に耐えかねた領主達から、戦後の復興支援のための高額な賠償金を求める声が上がった。

「わかっている」

そうは言うもののキャリガン王太子には、あのカンナバル侯爵がどの程度の裁量権を持っているのかわからないので、領主達に具体的な金額までは約束できない。

「フィン、ルーベンス様に先ほどカンナバル侯爵が発した言葉を全て伝えて欲しい。そして、どうするべきかを尋ねてくれ。私はサザンイーストン騎士団と共に、カザフ王国の使者をサリヴァンまで案内する」

竜で飛べば半日で着くが、あのカザフ王国の軍艦を誘導しながら航海すれば二日は掛かる距離だ。

「わかりました。俺は師匠と何か打てる手がないか考えます」

そう答えるや否や、フィンは移動魔法でルーベンスのベッドの横に飛んだ。

「お前はまた無駄な魔力を使って！」

叱る師匠に、フィンはカンナバル侯爵の言葉を伝える。

「ううむ……戦争の責任をカイル王子に全てなすりつけ、処刑済みだからと賠償金を値切る気だな。カザフ王国人の兵士の身代金は払うにしても、カイル王子が派遣されていた旧ペイサンヌ王国人の捕虜は見捨てるつもりなのやもしれん」

今回の海戦では、追いつめられたカイル王子が真っ先に逃げ出してしまったので、多くの軍艦が戦わずに白旗を揚げた。船に乗っていたのはカイル王子の派遣先である旧ペイサンヌ王国人が多かった。

「そんなぁ、ベントレー卿は捕虜に食べさせるだけでも大変な負担になっているのに……」

「まぁ、それは捕虜の身代金が払われなかった時に考えるさ。あのグレンジャー辺りが勧誘に回るだろう」

「確かに、風読み師を欲しがっていたけど……じゃあ、サザンイーストン騎士団が食費を払ってくれるのかな？」

ルーベンスは、捕虜の食費などよりも重大な問題があるのだと、フィンに文句をつける。

「ええい、よく聞け！　食費なんぞは、賠償金で補塡できる。その賠償金の交渉で、カンナバル侯爵が値切るよりも早く、終戦協定を結びたいと思わせないといけないのじゃ」

師匠の苛立ちを宥めようと、フィンなりに考える。

「早く終戦協定を結びたいと思うようなことが起これば良いんですよね。だったら、オットー王の治世を脅かすような事件を起こせば、シラス王国に長居したくなくなる！」

ルーベンスは、自分が倒れている間にフィンが成長したことに驚く。

「その通りじゃが……お前はまだ策謀などできぬじゃろう」

フィンも自分が策謀を試みても上手くいかないだろうと肩を竦める。

「ねえ、師匠の知り合いに策謀が得意そうな人はいない？　俺とファビアンでカザフ王国にこっそり運んで行ったら、上手いことやってくれそうな人」

ルーベンスは、何人かの魔法使いの顔を思い浮かべたが、既に引退した者ばかりだった。しかし、ここには現役の魔法使いが大勢いる。その中の有望な人材に任せようと考え直し、フィンの作戦に乗る。

「フィン、今からサリヴァンへ行き、塔の私のベッドの下からカザフ王国の金貨が入った袋を取って来い。サリン王国やバルト王国のものと間違えるでないぞ。あっ、その前にベーリングを呼んでくれ」

早速、フィンが部屋を出ようとしたので、ルーベンスは慌てて用事を言いつける。

「えっ、ベーリングさんは策謀とは正反対な感じだけど……」

「お前という奴は……『策謀をしに来ました』というような怪しい奴を送ってどうするのだ！　周囲から信頼を集められそうな人物でないと、策謀など成功しない。それに私は若手の魔法使いの事情に詳しくない。ベーリングなら、誰が最適かよく知っているだろう」

フィンが「なるほどねぇ」と感心しているのを見て、まだまだ修業が必要だとルーベンスは、大きな溜め息をついた。

フィンがカザフ王国の金貨が入った袋を何個も持って帰るまでに、ベーリングが選抜したカザフ王国に潜入するメンバー達は、ルーベンスと共に作戦を練っていた。

「カイル王子の伯父であるガラナー伯爵に頑張ってもらうのが、イザベラ王太后にとって一番効果的だろう」

「それと、オットー王にとっては、ルード王子とアンソニー王子が目の上のたんこぶだ」

フィンはルーベンスに袋を渡して、ベーリング達の作戦を聞く。どうやら、ロイマールとガラナー伯爵領に工作を仕掛ける方針のようだ。ガラナー伯爵の領地を調べようと、会議室にカザフ王国の地図を取りに行く。

「王都ロイマールは二回行ったから大丈夫だけど、ガラナー伯爵領は……ああ、ここなら馬喰と通った近くじゃないか！」

実際の策略は潜入するメンバーに任せ、フィンは竜で送って行く方法をあれこれ考える。

「ファビアンは姿隠しの魔法を使えるかな？　もし苦手そうなら、ロイマールは俺が担当しよう。門の出入りのチェックが厳しいから、姿を隠して空から入った方が良いんだよね。ガラナー伯爵領の方が人気のない場所を探し易そうだし、こっちをファビアンに任せよう！」

方針を固めたフィンは、早速ファビアンに相談する。

ファビアンは姿消しの魔法を長時間掛けるのは自信がなかったので、自分がガラナー伯爵領に行くのは賛成だった。知らない土地だが、地図を読むのはフィンより得意だし、大体の位置を説明されると「大丈夫だ」と確約した。

「本当に？　何だったら、俺がロイマールに行ってから、ガラナー伯爵領に行っても良いんだよ」

「地図があれば、どこでも行けるさ！　フィンは違うのか？」

鼻につく物言いに、やはりファビアンには少し傲慢なところがあると、フィンは苦笑する。

「なら、任せたよ。俺はロイマールにベーリングさんとマーベリックさんを……この人って、あのマーベリック副団長の息子さんなんだよねぇ」

ベーリングの相棒となるのは、マーベリック伯爵の次男ベンジャミンだった。

フィンは、師匠の身内を危険な任務に送り出しても良いものかと困惑する。

「この危機に、そんな気を使っている場合じゃないだろう。それに、ベーリングさんが参加するメンバーを選んだのだろう？　なら相応の能力があるってことさ」

「まぁ、そうなんだけどさぁ……」

歯切れの悪いフィンが何を心配しているのかファビアンはわからなかったが、ルーベンスはピンときた。

マーベリック一族に近づくなというルーベンスとの約束を気にしているのだ。

確かに野心家のマーベリック伯爵には近づけたくないが、今回の作戦に参加する次男のベンジャミン・マーベリックは信頼できるように思えたので、ルーベンスはフィンに許可を出す。

本音を言えば、フローレンスにさえ近づけたくなかったのだが、こればかりは思い通りにならないのはルーベンスだってわかっている。それに、ルーベンスは歌の上手い女の子に弱いのだ。

フィンとファビアンは、作戦を実行するメンバーを竜で運び出した。

フィンは、ウィニーに同乗しているベーリングとベンジャミンを覆い隠すように姿消しの魔法を掛け、以前馬喰達と泊まった宿の近くに着地させた。

前回屋根を借りたゴールドマン商店は、やはり店主のシリウスに勘付かれる危険があるため、今回は前回より切羽詰まっていないのもあり、避けることにした。

「ベーリングさん、マーベリックさん、気をつけてくださいね。何かあったら、この孵角を握って呼んでください。ウィニーと迎えに行きますから」

フィンは以前緊急に帰国する際使用した、ウィニーを呼び出せるペンダントを渡す。

「私達はロイマールで噂を流したり、少し破壊活動をするだけだから大丈夫だよ。こんな大事な物を預かれないよ」

「いいから持っていてください！」

フィンは、強引にベーリングに孵角のペンダントを渡して、ウィニーと帰国した。本当は一緒にいたかったが、本調子でない師匠も心配だったし、早くサリヴァンに行ってマキシム王の側にいろとルーベンスに命じられていたからだ。

「無事にロイマールに潜入させられたようじゃの」

戻って来たフィンは不服そうだ。自分もロイマールで策謀の手伝いをしたかったからだろうとルーベンスにはわかっていたが、まだ経験不足の弟子には荷が重い。

「そろそろカザフ王国の使者もサリヴァンに着いた頃だろう。お前はマキシム王の側にいて、私に報告して欲しい」

「師匠、俺が側にいなくてもちゃんと食事と薬を取ってくださいね。ゼファー達に頼んでおきましたからね」

チビ竜にルーベンスのことを頼み込んだフィンは、後ろ髪を引かれながらサリヴァンへと向かった。

三十一　戦争終結

一方、ファビアンはガラナー伯爵領に、メーガンとザッカリーという二人組をグラウニーで連れて行った。

「もし、危険が迫ったら北へ逃げてください。バルト王国との国境の警備は厳しくないですから」

ファビアンもできたらここに残りたかったが、自分が策謀に向いていないのもわかっていた。

大人しく、預かっていたものを二人に渡す。

「ルーベンス様からです」

年上のメーガンがファビアンから手紙を受け取った。

「バルト王国のルルド王とカンザス大使への手紙です。これを王都カルバラまで届けると言えば、疑り深い遊牧民も一晩ぐらい泊めてくれるだろうと言っておられました。バルト王国に逃げる際は、お使いください」

メーガンは、ルーベンスの用意周到さに感心する。

「今まで外国の潜入調査はルーベンス様に任せきりだった。これからは私達も頑張らなくてはね」

ファビアンは、きっとフィンも魔法学校を卒業したら外国を飛び回るのだろうと想像して笑い、グラウニーと帰国した。

カザフ王国でベーリング達は、反オットー王の貴族達に資金を提供したりして反乱を援護すると同時に、民衆に揺さぶりをかけようとしていた。

特にロイマールでは、王太后となったイザベラやオットー王、カンナバル侯爵の悪口を彼方此方に落書きしたり、今の政権を馬鹿にする戯れ唄を酒場で唄ったりと、地道に策謀に励んでいた。

「この落書きを見ろよ！」

「母親のスカートの下から顔を出しているのは、オットー王か！　傑作だな！」

これまでは消されたらベーリングとマーベリックが新しい落書きをしていたのだが、近頃は他の人が書いた落書きも目立つようになった。

「あの低俗な落書きや戯れ唄を禁止しなさい！」

イザベラ王太后が怒り心頭でオットー王に命じていた頃、サリヴァンではフィンがうんざりしていた。カンナバル侯爵が全く取り合ってくれないのだ。

「カザフ王国が宣戦布告も無しに突然攻めてきたせいで、西部地方は甚大な被害を受けた。終戦協定を本気で結びたいと考えているのなら、誠意を見せてもらわないと」

のらりくらりと賠償金をなるべく少額で済まそうとするカンナバル侯爵に、マキシム王とキャリガン王太子も腸が煮えくりかえっていたが、それをグッと我慢して交渉を続けていた。

「私は、何度も賠償金の提案をいたしました。本来なら、カイル王子が勝手に仕掛けた戦争の償いなどする義務はないのにもかかわらず。なのに、其方は海賊どもが焼き払った農地や家、殺傷した人の賠償まで要求しているではありませんか」

フィンは、師匠の命令で協定の場に立ち会っており、これまで無言を通していた。だが、ついに我慢の限界を迎えた。

「その海賊に私掠許可を与えていたのは、フレデリック王ではありませんか！」

カンナバル侯爵は、前々からこの協議の場に相応しくない若者が同席しているのに気づいていたが、マキシム王の従僕か何かだろうと名前も尋ねず無視していた。

「お前は何者だ?」

高慢なカンナバル侯爵に、フィンはムッとしたが、冷静に答える。

「私はシラス王国の守護魔法使い、ルーベンスの弟子のフィンです」

「魔法使い? マキシム国王陛下、そんな地位が低い者の弟子風情を、誇り高きカザフ王国の宰相であるこの私と同席させているのですか?」

マキシム王は、このカンナバル侯爵は賠償金を値切るためなら何にでもいちゃもんを付けるつもりだと腹を立てる。

「貴方の国ではどうだか知りませんが、我が国では魔法使いは尊敬されています。我が国と終戦したいと本気で考えておられるのなら、尊重してもらわないと話になりません!」

今日の協議はここまで! と打ち切りになり、カンナバル侯爵はサリヴァン港に停泊しているカザフ王国の軍艦に戻った。

「すみません、俺が余計な口を出したから……」

失敗を恥じて小さくなっているフィンの肩を、キャリガン王太子は「気にするな!」と叩く。

マキシム王も小さく笑う。

「どうせカンナバル侯爵はのらりくらりと値切る作戦なのだ。そう、作戦といえば、あちらはどうなっているのか？」

「ガラナー伯爵領に潜入した二人も、ロイマールのベーリングさん達もまだ帰国していません。上手くいけば良いのですが……俺がここにいても役に立ちません。ベーリングさん達に協力しに行った方が良いのかも……」

フィンの発言に、マキシム王もキャリガン王太子も慌てる。守護魔法使いのルーベンスが倒れているのに、次代の守護魔法使いを危険な任務に送り出したりできない。

「フィンにはここにいて、ルーベンスに協議の内容を伝えてもらわなくてはいけない」

「そう言われても、何も進展していないし……」

キャリガン王太子は、フィンを宥めにかかる。フィンの性格ならウィニーとカザフ王国に飛んでいきかねない。

「表立っては進展していないが、事務方同士では捕虜の身代金について話し合っているのだ。そうだ、ルーベンス様の様子を見て来てくれ。そして、進捗状況の報告などが届いているかもチェックして欲しい」

「師匠には毎晩魔法で報告していますけど……まぁ、ベントレー卿達に我が儘を言って迷惑を掛けているかもしれないし、行って来ます！」

マキシム王とキャリガン王太子は、そう言った途端に駆け出したフィンに驚く。

「キャリガン、お前も苦労しそうだな。あれは一生落ち着きそうにない」

「まぁ、とはいえルーベンス様ほどは気儘ではありませんし……でも、まだ頼りないですからね。ルーベンス様に早く回復して欲しいものです」

ルーベンスの気儘に振り回されていたマキシム王も、元気になってもらいたいと頷いた。


フィンの心配通り、ベントレー卿はルーベンスの扱いに四苦八苦していた。

「こんな薬など飲みたくない！」

「しかし、モービル教授は一日に三度飲むようにと指示を出されています」

真面目なベントレー卿は、治療師の指示に忠実に従うのだが、それがルーベンスには我慢できない。

「ベントレー卿、世話になった。もう回復したからサリヴァンに帰る。馬を一頭貸してくれ」

「ルーベンス様、そんなの無茶です。何かお気に召さないことでもありましたでしょうか？」

ベントレー卿が必死でルーベンスを止めていた時、フィンがサリヴァンから戻ってきた。

「おお、フィン。良いところに来た。馬でサリヴァンへ帰ろうかと思っていたが、ウィニーの方が楽だ」

フィンは、ルーベンスの我が儘には慣れているので、軽く受け流す。

「師匠、まだ竜で移動するのは身体への負担が大き過ぎますよ。まずは、庭でも散歩して体力をつけましょう」

ベントレー卿は、やれやれと胸を撫で下ろす。こんなに我が儘な患者の看護はフィンしかできなかったからだ。

「そんなことより、協定はどうなっておる？」

フィンは、進展ありません、と肩を竦める。

「やはり、サリヴァンに帰るぞ！」

「師匠、今はまだ……」

ルーベンスをベッドに押し戻そうと腰を浮かせた時、フィンの頭にウィニーの声が響いた。

「ウィニーが呼んでいます！　ベーリングさんが孵角を使ったみたいです。遠くて何を伝えたいのかよくわからないみたいだけど……」

「お前とウィニーほどの結びつきはないからな。じゃが、ベーリングは緊急事態でもなければ孵角を使ったりはしないだろう」

ルーベンスもカザフ王国に潜入した四人を心配していたので、フィンにすぐにウィニーと救出に行けと命じる。

「わかっています！　俺がベーリングさんとマーベリックさんを迎えに行く間、ちゃんと薬を飲んで散歩もしてくださいね！」

弟子に偉そうに説教されたルーベンスが機嫌を損ねないか、ベントレー卿は冷や冷やしたが、フン！　と鼻を鳴らしただけだった。

フィンはベーリングが危険な状況にいるのだと考え、ウィニーを急がせる。

『ねぇ、どちらの方向かわからない？』

『ええっと、あっちだとは思うんだけど……』

どうやらベーリングはずっと孵角を握ってウィニーを呼んでいる訳ではなさそうだ。フィンは使い方の説明が不足だったと反省する。

『あっちってことは、ロイマールにまだいるのか？　それとも王都は脱出できたけど、そこからの足が確保できないのか？』

『きっと見つかるよ！』

フィンはあれこれ推察するが、ウィニーは近くなったらわかると楽観的だ。

『まあね、ベーリングさんはよく知っている人だから、探索すれば見つけられると思うよ』

巨大なロイマールが見えるようになったところで、またベーリングが孵角を握った。

『あっ、あそこだ！』

ウィニーが気がついたが、フィンにもどこにいるかわかった。

『何だか呑気そうだなぁ！』

ベーリングとマーベリックは、ロイマール郊外のレストランのテラスでランチを食べていたのだ。

フィンは、少し離れた小川の近くに姿を消したウィニーを着地させると、スッと姿を現す。

『ちょっと待っていてね』

ベーリング達は、ウィニーが迎えに来てくれたのを察知して、料金を支払うとのんびりと歩いて来た。

「ベーリングさん、マーベリックさん！」

手を振るフィンに、二人も手を振り返す。

「何か危機的な状況かと心配していました」

「やぁ、フィン！　わざわざ迎えに来てもらってすまないね。でも、早くこの情報をマキシム王に伝える必要があって、ウィニーを呼んだんだよ」

ベーリングがどんな情報を入手したのか興味が湧くが、それより急いで帰国することにする。

「じゃあ、早くサリヴァンへ行かなきゃ！」

ウィニーに乗ったベーリングから驚くべき情報を聞いたフィンは、一旦ベントレーでマーベリックを下ろすと、サリヴァンへ向かった。

「何⁉　旧マリナーラ王国が独立を宣言しただと！　それは本当なのか？」

マキシム王だけでなく、キャリガン王太子も俄かに信じられない。

「旧マリナーラ王国は、旧ペイサンヌ王国の次に併合された。現在はフレデリック王のカメリア王女が産んだ、フリップ執政官が治めていたはずだが」

ベーリングもロイマールで聞いた時は、ガセネタだろうと首を傾げたのだが、今は確信を持っていた。

「フレデリック王が亡くなったのが切っ掛けなのでしょうが、嫁がれたカメリア王女が亡くなられたのも大きいように思います。ロイマールに呼び出されて突然死されたようで、フリップ執政官はマリナーラ王国復興の動きを悟られたのだと焦ったのかもしれません」

フィンは、ベーリングがマキシム王とキャリガン王太子に報告するのを黙って聞いていたが、ハッと思い当たることがあった。

「ロイマールで突然死！　もしかしたら、カメリア王女は蘇りの呪の犠牲になったのかも！」

「まさか、前に話していた蘇りの呪の犠牲になった王女とは、カメリア王女だったのか！」

フィンは勿論、キャリガン王太子も怒りを隠せない。自国に攻め入ったカイル王子は処刑されても当然だと思っていたが、何の罪もない王女までと思うと、改めて禁じられた呪に嫌悪感を抱く。

「遺体を見れば、病死でないのは明らかだったと思います。血を流さないといけなかっただろうし……ゲーリックの奴、何てことを！」

フィンの怒りは当然だと、マキシム王は受け止めたが、それより優先すべき問題がある。

「母親を殺されたとなると、フリップはカザフ王国から本気で独立するだろう。旧マリナーラ王国には、先に併合された旧ペイサンヌ王国の貴族達が多く移住していたな。これは面白くなったぞ！　旧ペイサンヌ王国は、今回のカイル王子の戦争で大勢の捕虜を出したが、カンナバル侯爵は身代金を渋っている。仲間が本国に見捨てられそうと知ったら、一気に反オットー王派に傾くかもしれない」

「まだカンナバル侯爵は、この知らせを受けていないはずです。しばらくは賠償金を上乗せさせる作戦でいきましょう！」

キャリガン王太子の提案通り、シラス王国は賠償金の上乗せを協議の場に出し、まだ知らせを受けていないカンナバル侯爵は「馬鹿馬鹿しい！」と却下していた。

しかし、ある日突然、カンナバル侯爵の態度が変わった。

「そちらの提案通り賠償金をお支払いしましょう。本来ならカイル王子が勝手に仕掛けた戦争ですが、偉大なるフレデリック王の名前を汚す訳にはいきませんし、オットー新王の治世の初めにケチがついてもいけませんからな」

　恩着せがましい口調だが、尻に火が付いて帰国を焦っているのは見え見えだ。マキシム王とキャリガン王太子は、更なる賠償金の上乗せをして、終戦協定を結んだ。

　こうしてカザフ王国との戦争は終結した。西部地域に甚大な被害を出し、カイル王子の処刑と賠償金だけで終戦協定を結ばなくてはいけなかったマキシム王は、自国の弱い立場を改めて悔しく感じる。

「カザフ王国は巨大だが屋台骨が軋んできている。きっと今の一極集中は続かないはずだ。我が国も同盟国を増やせば、対等に渡り合うようになれる！」

　隣で「そうですね」と言い切ったキャリガン王太子を頼もしく見つめ、マキシム王はそろそろ代替わりの時期だと微笑んだ。

三十二　戦没者慰霊祭で……

　終戦協定が締結された後、フィンはマキシム王に王宮を出たいと申し出た。

「俺は師匠がいるベントレーに帰ります」

フィンをこのまま王宮に留めたかったマキシム王だったが、守護魔法使いの健康も気に掛かる。

「そうだな、ルーベンスの具合を見て、サリヴァンへ連れて帰ってくれ」

フィンがウィニーとベントレーへ行くと、ルーベンスの気儘を持て余していた全員から熱烈に歓迎された。特に、ベンジャミン・マーベリックは、身内だからと看護を押し付けられて辟易していたので、フィンを抱きしめて喜ぶ。

「フィン君！　よく来てくれた！」

元々、実家とは縁を切っている師匠が、ベンジャミンにどれほど嫌な態度を取ったのかフィンには簡単に想像でき、平謝り（ひらあやま）する。

「ベンジャミンさん、申し訳ありません。師匠の世話をしてくださっていたんですね」

「いやぁ、そう謝られると困るけど、フィン君が来たなら私はサリヴァンへ帰るよ」

我が儘な身内に捕まる前に、とベンジャミンは逃げ出した。

「師匠、どれだけ我が儘をベンジャミンさんに言ったのですか？　薬も飲んでいないいんじゃないですか？」

ルーベンスはそっぽを向いて答えない。代わりに、ベンジャミンから聞いた旧マリナーラ王国の独立宣言の話を持ち出した。

「それで、カンナバル侯爵から十分な賠償金をぶんどれたのか？」

「そりゃ莫大な賠償金だったけど、十分って言えるのかな？　亡くなった人は生き返らないし、焼かれた作物も……そうだ！　今からでもジャガイモぐらいなら作れるかも！」

「フィン！　待ちなさい！」

寝室から飛び出したフィンをルーベンスは追いかけようとするが、薬も食事も真面目に取っていないツケが回る。二段飛ばしで階段を駆け下りるフィンの背中を、荒い息で見送ることとなった。

フィンは、まだベントレーに残っていた魔法学校の教授や生徒の協力を募って、焼かれた畑にジャガイモを植えたり、魔法で生育を後押ししたりして回った。

「お前は……防衛魔法を維持しているのに、大丈夫か？」

心配するルーベンスに、フィンは難しい顔をする。

「皆に協力してもらったから、魔力の使い過ぎで倒れるようなことはなかったよ。それより、師匠はもう少し自分の健康について真面目に考えなきゃ！　薬も食事もちゃんと取ってよ！　このままベントレー卿に迷惑を掛け続けるのはどうかと思うよ」

気儘なルーベンスも、ベントレー卿が気を使って疲れているのは気づいていた。

「だから、サリヴァンへ帰ると言っている！」

「もう少し回復しないと帰れないよ。終戦協定も締結されたし、俺が師匠の側で看病します」

ルーベンスは苦虫を噛み潰したような顔をしたが、フィンの差し出した薬を飲み干した。

口うるさいフィンの看病のお陰か、ルーベンスがベントレー卿にこれ以上迷惑を掛けられないと少しは真面目に薬を飲んだせいか、二人は木の葉が舞い散る頃にサリヴァンへ帰還できた。

「やはり、ここが落ち着くな」

ルーベンスの塔で、ソファーに寝そべって満足そうな師匠に、フィンも少しホッとする。

「そうですね。でも、薬は飲んでもらいますからね！」

「フン！　もうそんな薬など飲まなくても大丈夫じゃ。それより、お前は戦没者慰霊祭に行かなくても良いのか？」

戦争は終結したが、アシュレイ魔法学校の在校生、卒業生にも犠牲者が出た。

今日はその亡くなった人達を弔う慰霊祭が講堂で開かれる。

「参列しますけど、師匠に薬を飲ませてからでも間に合います」

小さなグラスを差し出すフィンに負けて、ルーベンスは一気に飲み干す。

「私はここから祈りを捧げておく」

堅苦しい儀式が嫌いな師匠は参列しないだろうと初めから諦めていたフィンは、一旦寮に帰って、制服に着替えてから講堂に向かった。

講堂には、アシュレイ魔法学校の全教授、全生徒が揃っていた。

「この度のカザフ王国の突然の侵略により、命を奪われた人々の冥福を祈り、黙祷！」

ヘンドリック校長の声には痛ましさが籠もっていた。フィンも目を瞑って、安らかにと祈る。

フィンは、慰霊祭の間も、それが終わってからも、自分がシラス王国の守護魔法使いとなる意味の重さを考えていた。

友達は、フィンが真剣に考え込んでいるので、邪魔をしないように、そっとしておいた。

「二度と侵略などさせない！　そのために俺は何をすべきなのか？　シラス王国にはバルト王国以外にも同盟国が必要だ！　俺は、俺にできることを全力でするまでだ！」

悩んだ末に自分なりの決心を固めたフィンは、人がいなくなった講堂を後にしようと席を立つ。ふと、自分の他に誰か残っているのに気づいた。

「マリアン？」

講堂の後ろの方の席に、黒いベールを被ったかつての同級生、マリアンが座っていた。

「フィン、私の婚約者のジェレミー卿が……」

縋り付いて泣くマリアンに、フィンはどうしたら良いのか困惑する。

「それは気の毒だったね。それで、マリアンはどうして魔法学校の慰霊祭に？」

「婚約者が亡くなったから、当然だけど結婚もなくなったわ。それに今回の戦争で私も考えるところが多かったの。もう少し真面目に魔法を学んでおけば、治療とかの役に立てたかもしれないと……フィン、前は意地悪ばかり言っていたけど、それは私が幼かったからなの……」

　顔を覆っていた黒いベールを上げたマリアンの目から、涙がポロポロと溢れる。

「マリアン……」

　フィンは、その涙が真珠のように美しく見えた。入学した時に意地悪をしてきたマリアンとは思えない、婚約者の死を悼む姿に、ぐらりとしかけた。

　その時、講堂の入り口から物音がした。

　フィンがハッとそちらを見ると、フローレンスが立っている。

　寮の食事の時間になっても講堂で考え込んでいるフィンを案じて、呼びに来たのだ。

「フィン……その、ごめんなさい」

　おろおろとそう告げたフローレンスは、一目散にその場を後にした。

「フローレンス！　待って！」

　走り去るフローレンスを、フィンは慌てて追いかけようとする。

「ちょっと、フィン！」

　引き留めようと袖を掴むマリアンは、先ほどまでの悲しそうな表情ではない。フィンは、やはりマリアンはマリアンだと悟る。

「マリアン、これから真面目に修業するなら、相談に乗るよ！」

そう言い捨てて、フィンはフローレンスを追いかけた。

「何よ！　田舎者のくせに！」

マリアンは罵りつつ、逃した魚は大きいと少しだけ落ち込む。

「もう、マリアンったら。そりゃ、フィンの将来は守護魔法使いだから、狙いは悪くないわ。でも、所詮、フィンはフィンよ！　もっと、マリアンに似合う人がいるわ！」

こっそり隠れてマリアンがフィンを誘惑するのを見物していたアンジェリークが、不首尾に終わったのを慰める。

「さぁ、寮の食事は時間厳守よ！　またマイヤー夫人の規則に従わなきゃいけないのよ」

「そうね、私としたことが、フィンなんて田舎者を誘惑しようだなんて、きっとジェレミー卿の死で変になっていたんだわ。この学校には他にも有力な貴族の子弟が一杯いるんですもの！」

婚約者の死を乗り越えたマリアンに安堵するアンジェリークだったが、自分が狙っているラッセルに手は出させないと目を光らせる。

「言っておくけど、ラッセルは駄目よ！」

「まぁ、恋にタブーなどないわ。まして、ラッセルと貴女は同級生ってだけじゃない！」

マリアンとアンジェリークがお互いに牽制しながら、ラッセルと同じテーブルで食事をしていた頃、フィンはフローレンスと池のほとりで話し込んでいた。

「マーベリック城にカザフ王国軍が迫ったと聞いた時は、とても心配だったよ」

「マーベリック城は大丈夫だと私は信じていたわ。でも、フィンがサザンイーストン騎士団とケマン諸島沖の戦いに参戦すると聞いて、とても心配したの」

離れている間、二人ともお互いの心配をしあっていたのだと笑う。でも、フローレンスの笑顔は、どこかぎこちない。

「フローレンス、さっきのは誤解だから！　マリアンは、婚約者のジェレミー卿を亡くして泣いていただけなんだ」

「マリアン？」

知らない生徒だとフローレンスは首を傾げる。その姿が可愛くて、フィンは饒舌になる。

「あっ、フローレンスが入学する前に、結婚するからと退学した同級生なんだ。婚約者が戦死して、マリアン自身は初級魔法使いの免状しかもらってなかったから、復学するみたいだね。もしかしたら、フローレンスやアイーシャと同級生になるのかな？」

その饒舌さをフローレンスは誤解する。

「フィンはマリアンと仲が良いのね」

少し拗ねた口調に、フィンは笑う。

「まさか！　マリアンとは仲が良かったとは言えないよ」

「ごめんなさい、婚約者を亡くされたばかりの方に嫉妬してしまうだなんて……」

いつも大人しいフローレンスの新たな一面を知って、フィンはさらに愛おしく思った。

「誤解させた俺が悪いんだ。フローレンス、これからは気をつけるよ」

「フィン?」

見上げるフローレンスを抱き寄せて、素早く頬にキスをする。

「フローレンス、俺と付き合ってくれる?」

微笑むフローレンスの手を取って、二人で食堂に向かった。

三十三　終戦祝賀パーティ

カザフ王国との戦争が終わり、アシュレイ魔法学校にも日常が戻ってきた。復学したマリアンは、初等科の白いチュニックが気に入らないらしく、中等科の水色のチュニックを着るべく猛勉強していた。

「そんなに根を詰めたら、身体に良くないわよ」

親切そうに忠告するアンジェリークが何を考えているか、マリアンはお見通しだ。

「ラッセルと同級生だからって偉そうにできるのは今のうちだけよ。春学期には中等科になるんだから。あっ、ラッセルに勉強を見てもらう約束なの！」

きゃいきゃいと騒ぐマリアン達の横で、バルト王国の王女アイーシャがはしゃいでいる。

戦争中はバルト王国に留まっていたアイーシャが魔法学校に戻って来ると、それぞれの恋模様が随分進展していて驚いたのだ。

「戦争中だったはずなのに、フィオナはパックと、エリザベスはラルフと、ルーシーはユリアンと、そしてフローレンスはフィンと良い感じなのね！」

バルト王国の王女としてシラス王国のアンドリューと政略結婚がほぼ内定しているアイーシャとしては、恋愛話は他人のことで盛り上がるしかない。

「フィオナはともかく、私とラルフはまだそんな関係じゃないわ」

エリザベスが頬を染めて否定すると、ルーシーとフローレンスも同調する。

アイーシャには遠慮している彼女達がじれったく思える。

「もう、そんな呑気なことを言っていると、他の人に取られるわよ！　あっ、そういえばアンドリューはどこかしら？」

女子寮から大きな溜め息が漏れた。

「アンドリューは竜舎よ！　アイーシャ、お願いだからウィニーを煩わせないように、アンドリューを説得して」

ベントレーにいた時からアンドリューの奇行を知っているルーシーが懇願する。

「アンドリューがウィニーを煩わせる？　彼は竜馬鹿だけど、煩わせるような真似はしないと思うわ」

「違うのよ！　ウィニーの成長が止まったと知って、卵を産むのを待ちわびているの。だから、ウィニーから目を離さないのよ」

アイーシャは「なるほど！」と納得したが、それにかまけて自分に会いに来ないのかと思うと、何となく腹が立った。

「ウィニーもずっとアンドリューに卵を産んでくれと言われ続けるのは鬱陶しいでしょうね。良いわ、私が引き離してあげる！」

にっこりと笑ったアイーシャは愛らしいが、ダブルAの片割れだ。全員がまずいことになるのでは、と顔を見合わせた。

「アンドリュー、私が魔法学校に戻ったのに、挨拶もないの？」

ウィニーの腹を撫でながら『早く卵を産んで！』と呪文のように唱えていたアンドリューは、竜舎にやって来たアイーシャの顔を見て立ち上がる。

「アイーシャ！　バルト王国から戻って来たんだね。ごめん、迎えに行けなくて。でも、ウィニーが卵を産んだら、私がもらえることになっているから、目を離せないんだ」

アイーシャは、ルーシーが言ったのは大袈裟（おおげさ）だと思ったが、それが事実だと知って呆れる。

「アンドリュー！　ウィニーは卵を産んだら、貴方にあげると約束してくれたのでしょ？」

「そうだよ。だから、ウィニーから目を離せないんだ」

アイーシャは、アンドリューに話を聞いても無駄だと悟り、ウィニーに尋ねる。

『ウィニーは、いつ卵を産むの？』

『さぁ、いつ卵を産むか、私にもわからないよ。卵を産んだら、アンドリューにあげると言っているんだけどね』

ウィニーは人間が肩を竦めるように羽根を竦めた。どうやらずっとアンドリューに見張られてうんざりしているらしい。

「ねぇ、ウィニーは卵を産んだらアンドリューにくれると約束してくれているんだから、ずっと側にいて煩わせる必要はないと思うの。それに、貴方には他にするべきことがあるはずよ。カザフ王国からカルバラに来た二人と一緒に、サリヴァンまで旅したけど、色々な話を聞いたわ。戦争が終わったからといっても、全てが終わった訳じゃない」

アンドリューはアイーシャにはっきり言われて、自分がウィニーにかまけ過ぎていたのに気づいた。

「もしかして、カザフ王国に潜入していたメーガンとザッカリーはバルト王国に退避(たいひ)したのか！　カルバラに到着した時、どんな様子だった？」

「長旅で疲れた様子だったけど、今は元気よ」

「なら良かった。そうだね、アイーシャの言う通りだよ。ウィニーは私に卵をくれると約束してくれたのだから、それを信じて待つよ！」

そう言って竜舎を後にしたアンドリューに、アイーシャは思いがけない提案をする。

「ねぇ、アンドリュー！　この戦争中に皆恋をしていたわ。でも、まだまだ恋愛とは呼べない人達もいるの」

アンドリューは、自分もアイーシャ同様将来が決まっているので、人の恋愛話に興味を持つ。

「シラス王国の魔法使いが増えるには、優秀な魔法使いが結婚して子孫を残すのが一番良いと、お祖父様も父上も言っておられた」

アイーシャは、魔法使いとか子孫とかではなく恋愛に興味があるのだが、やることは一緒だと頷く。

「だから、終戦祝賀パーティを開いたら良いと思うの！」

「でも、戦争で被害を受けた地域のことを考えると……パーティなんて良いのかな？」

「そうね、ではマキシム王やキャリガン王太子にお願いしてみましょうよ。で、駄目だったら諦めたら良いのよ」

前向きなアイーシャに背中を押されて、アンドリューは王宮に尋ねに行く。

「大規模な終戦祝賀パーティは駄目だが、魔法学校でするぐらいは良いだろう。被害を受けた地域への配慮(はいりょ)は忘れてはいけないが、それで全ての行事を延期(えんき)するのも良くない」

　マキシム王の言葉に、キャリガン王太子も賛成する。

「そうだ！　いつまでも沈んでいては経済も回らなくなる。あっ、いつもなら魔法学校は初雪祭の時期ではないか？　今年は出し物をやるどころではないだろう」

「そうですね！　初雪祭の代わりに終戦祝賀パーティを開いたらどうかと、ファビアン会長に提案してみます」

　本来なら引退しているはずのファビアンだったが、戦争のごたごたで次の自治会長の選挙も行われていないため、まだ会長を続けていた。

「選挙で選ばれる次の自治会長も駄目だとは言わないと思います。自治会のメンバーと殿下で準備を進めてください」

　その後、慌ただしい選挙で選ばれたフルーム新会長も、今から初雪祭の出し物の練習はできないので、終戦祝賀パーティに賛同した。

「そっか、ファビアンは卒業するんだよね」

　初等科と中等科の全員で、花やテープで飾り付けた講堂を見上げて、フィンは感慨に耽る。

　入学してからずっと一緒に困難を乗り越えてきた友人との別離(べつり)に、一抹(いちまつ)の寂(さび)しさを覚える。

隣にいたパックは、しんみりしたフィンを元気づけるべく、話題を変えた。

「それより、パーティはパートナー同伴だよ。フローレンスを誘うのかい？」

パックは既にフィオナというパートナーがいるので、余裕の表情だ。

「当然だよ！」

強気なフィンにパックは驚く。この前までは、好意があるのは見え見えなのにアタックできない様子を、もどかしく思っていたのだ。

「フィン、いつの間にフローレンスと付き合ったんだよぉ」

からかうパックを振り切って、フィンはフローレンスにパートナーを申し込みに行く。

卒業生の追い出し会を兼ねた終戦祝賀パーティで、フィンは意外な組み合わせのカップルに驚いた。

「ええっ、いつの間にエリザベスとラルフが！」

パックは、鈍いフィンを笑う。

「二人は初等科の頃から付き合っていたよ。知らなかったのかい？　それより、ラッセルは誰をパートナーに選んだのかな？」

「えっ、ラッセルがどうしたって？」

最近の魔法学校では、ラッセルを狙うアンジェリークとマリアンの争いが一番の話題だったのに、それを知らないというフィンにパックは呆れる。

「フィン、少しは噂もチェックしないと！」

バン！　と背中を叩かれて、フィンはよろめく。

「ほら、パーティが始まるよ。パートナーを迎えに行かなきゃ」

迎えに行くと言っても、男子は女子寮に足を踏み入れられない。女子寮の前で、ドレスに着替えたパートナーが出てくるのを待つだけだ。

「あっ、ルーシーはユリアンと……ええっ、アンジェリークはリュミエールと！　ってことは、ラッセルはマリアンを選んだのかな？」

マリアンを選ぶとは思わなかったとパックはびっくりしていたが、その当人が出てきたので口を閉じた。

「マリアン、綺麗ですね」

その声は！　フィンは、マリアンの手にキスしている着飾った男の後ろ姿に、嫌な予感がする。

「アレックス!!」

パックも大嫌いなアレックスの出現にうんざりした顔だ。

「ああ、私も来学期から復学するつもりなのだ。フィン、色々あったが水に流してくれ。

よろしく頼んだよ」

アレックスとマリアンが仲良く通り過ぎるのをフィンがげんなりして見送った後、フローレンスが恥ずかしそうにしながら現れた。

髪をアップにして、少しだけ胸が開いた水色のロングドレスを着たフローレンスは、咲き始めたバラのように初々しい。

「フローレンス！　とても綺麗だよ！」

「フィンも似合っているわ」

今までは、若様のお古やパックのシャツを借りていたフィンだったが、今回は初めて自分の服を新調した。

「さぁ、行こう！」とフィンがフローレンスをエスコートして去った後、パックはフィオナを待ちながらも、少し離れた場所で涼しい顔をして立っているラッセルが、誰を誘ったのか気になって仕方がなかった。

「ねぇ、誰を誘ったの？」

我慢できなくなり、ラッセルの側に行って尋ねる。

「叔母上の命令でパーシー公爵の娘のミュリエルのお守りをするのさ。まだ入学したばかりで、男の子の友達がいないからと押し付けられたんだ」

肩を竦めて、入学したばかりのミュリエルをエスコートしに行ったラッセルの後ろ姿を見ながら、パックはやはり名門貴族は違うなぁと笑う。

「どうりで、マリアンやアンジェリークがあっさりと諦めたはずだよ。ちょっとパーシー公爵家には勝てないもの」

ミュリエルの母はキャリガン王太子の妹のビクトリア王女だ。つまりミュリエルはアンドリューの従妹であり、国王の孫娘でもある。

ラッセルはグレース王太子妃を叔母に持つ、名門の家系だ。彼がパートナーに選ばれたのは、いずれ婿として迎えるための布石でもある。そうなればラッセルがシラス王国の中枢を担っていくのは明らかだ。

「何をぶつぶつ言っているの？」

薄いピンク色のドレスを着たフィオナに、パックは胸を掴まれる。

「フィオナ、とても良く似合っているよ」

頬にキスをして、パックも終戦祝賀パーティ会場へ向かう。

このパーティを主催しているのは、フルーム新自治会長だ。飛び級する前のファビアンの同級生であるフルームは、地味だけど優秀な魔法使いだ。今回の戦争中もサザンイーストン騎士団に協力していたので、フィンもよく知っていた。

「この度は、不幸な戦争を乗り越え、終戦を迎えることができました。それを祝してパーティを開きます！」

パーティの口切りは、アンドリューとアイーシャのダンスだ。

「ダブルAとは思えない、息の合ったダンスだな」などと、酷い称賛の声が上がるほど、見事な踊りだ。

二人が踊り出すと、各々のカップルもフロアーに出て、パーティが始まった。

「フローレンス、俺はダンスが上手くないから、足を踏んだらごめんね」

踊り出す前からフィンが謝るので、フローレンスは可笑しくなる。

「私もダンスは苦手だから」と言うが、歌の上手いフローレンスは、リズム感も優れている。フィンは、初めてダンスを楽しんだ。

何曲か踊ったフィンは、フローレンスにジュースを取って来てやり、少し休憩する。

「ファビアンもダンスするんだなぁ」

武芸馬鹿だと思っていたファビアンが、来学期から高等科になるマーガレットと踊っているのを見て、フィンは驚いた。

「フィン、知ってる？　マーガレットは、初の女性自治会長になるかもしれないの」

「そっか！　今まで高等科に進んだ女生徒はいなかったものね。マーガレットは自治会のメンバーに選ばれたんだ」

「私もマーガレットみたいに、高等科まで勉強を続けたいの。でも、父は反対なのよ」

フィンは、頭の固そうなダン・マーベリックを思い出した。

「お母さんはどうなの？」

フローレンスの家族の場合、実際の決定権はしっかりしている母親エルミナにありそうだ。

「母は、自分で考えて決めなさいと言っているわ」

「なら、高等科まで勉強したら良いと思うよ。俺もいっぱい学ばないといけないことがあるから、進学するし」

「えっ、フィンはもう立派な魔法使いじゃない？」

褒めてくれるフローレンスに、フィンは首を横に振る。

「まだまだ師匠に習わなきゃいけないことがあるし、他にも色々勉強しなきゃいけないんだよ。それに海の防衛魔法のこともあるからね。そのうちバルト王国で魔法陣について腰を据えて修業するんだ」

「バルト王国の冬は厳しいんじゃない？」

心配そうなフローレンスを安心させる。

「冬は師匠の気管支炎の症状も良くないから、シラス王国に残って側にいるつもりだよ」

それに、ラザル師と水占い師達は、サリン王国との国境線に魔法陣を掛けるのに忙しそうだしと、フィンは肩を竦める。彼等が実践(じっせん)した後に教えてもらった方が良さそうだ。

「さぁ、もう一度踊ろう！」

同盟国を増やすためにも、苦手な古典や政治について学ぶ必要をひしひしと感じているフィンだったが、今夜はフローレンスとパーティを楽しむ。

ヘンドリック校長が会場の隅でパーティを眺めていると、ルーベンスがやって来た。珍しく塔から出て来たと驚くが、その同伴者がマキシム王なのに二度驚く。

「そろそろ老人は若者に席を譲る時期なのかもしれませんな」

若い学生達のダンスを見ながら、ルーベンスとマキシム王は、自分達が年老いたのを感じる。

「私は、キャリガンに王位を譲るつもりだ」

「それが良いでしょう。キャリガン王太子は強い意志をお持ちですから、きっと立派な王になりますな」

ルーベンスに、自分が一部の貴族達を増長させたのを言外に皮肉られて、マキシム王は苦笑する。

「今回の戦争で、自分の利益ばかり考え、国を護ることを怠った貴族達は、私が退位する時に道連れにする。キルファの離宮に、役に立たない貴族を隔離しようと考えている」

名ばかりの高職を与え、自分の隠居所に連れて行くと決めたマキシム王に、ルーベンスは驚く。

「あんな馬鹿どもに囲まれて隠居生活を送るのですか？　苦痛ではありませんか！」

「私にとって最も苦痛なのは、あの馬鹿どもが国の政治に口を出すことだ。格式高い隠居生活などを論じさせておいた方が良いのだ」

　マキシム王は、決して貴族に甘いだけの無能な政治家ではなかった。彼が、アシュレイ魔法学校に入学した生徒の家族には免税するという法を全国に広めなければ、フィンが弟子になることはなかったのだ。ルーベンスは改めて感謝し、頭を下げた。

　高慢なルーベンスが、マキシム王に頭を下げているのを目撃したヘンドリック校長は、何か良からぬことが起きないか、心配になって空を見上げる。

「雨でも降らないと良いのだが……」

　ルーベンスは、ヘンドリック校長に見られた気恥ずかしさを紛らわすために、ちょこっと魔法の無駄遣いをする。

「初雪祭なのに、雨はないだろう！」

　キラキラと煌めく雪が降りだし、踊っていたカップルもしばし外を眺めて、ロマンチックな気分になる。

　フローレンスと肩を並べて、手の平に舞い落ちた雪の結晶を仲良く見ているフィンに背を向けて、ルーベンスは自分の塔へと戻る。

「あの落ち着かないフィンをもう少し見守ってやらなくては……」

当のフィンは、横にいるフローレンスの睫毛についた雪を取ってあげても良いものか迷って、ドキドキしていた。

エピローグ

フィンは十八歳になり、アシュレイ魔法学校を卒業した。高等科になった時に自治会の代表に選ばれかけたが、バルト王国で魔法陣の修業をしたり、カザフ王国の支配から独立しようとする諸国に偵察に行ったりと落ち着かず、ラッセルが代わりに務め上げた。

海賊の被害は少なくなったが、またいつ海から敵が攻めてくるかわからない。フィンはラザル師に水の魔法陣を基礎から習い直して、北の海岸線と西の海岸線に、海の防衛魔法を掛けた。

『前に俺が掛けた魔法陣は、海面に描いていたから波の影響をもろに受けて維持するのが難しかったんだよ。今回は、海底に魔法陣を描いて掛けたから大丈夫！』

ラザル師もサリン王国との間の川の表面に魔法陣を掛けたものの、春の雪解け水と共に流れていってしまい苦労したのだという。

『でも、サリヴァンとか大きな港には掛けなくて良いの？』

ウィニーは、大勢の人が住んでいる大都市こそ防衛魔法が必要なのではと首を傾げる。

『シラス王国は貿易で利益を得ているから、港を封鎖すると駄目なんだよ。大きな港にはサザンイーストン騎士団が軍艦を停泊させるし、サリヴァンにはアクアーがいるから大丈夫だよ』

『アクアーは、サリヴァンの守護竜と呼ばれているしね！』

雛竜だったアクアーも成長し、サザンイーストン騎士団に入団したラッセルと共に、サリヴァンの防衛に尽くしている。

サリヴァン港でプカプカ水遊びしているアクアーは、シラス王国の船乗りにとっては心強い守護竜なのだ。

『そうだね！　ラルフのフレアーも王宮に慣れてくれたら良いな。馬鹿な貴族に火を噴きかけないか心配だよ』

王宮魔法使いになったラルフの側にはフレアーがいる。王宮の見張り台に陣取ったフレアーは、時々空に向かって火を噴き、王宮の守護竜として畏怖(いふ)されている。

数年前に魔法学校を卒業したファビアンは、予定通りノースフォーク騎士団に入団し、グラウニーは北の守護竜と呼ばれていた。

『パックは、ウェストン騎士団に入団したんだよね。じゃあ、ゼファーは西の守護竜だね……』

フィンと姿を消して外国を飛び回るウィニーは、一般の人に見られることが少ない。他の竜のように人々に親しんでもらえないのが寂しい。ウィニーの首を抱きしめて、フィンは言い聞かせる。

『ウィニーは、シラス王国の守護竜だよ！』

マキシム王の退位後、王位に就いたキャリガン王は、先にノースフォーク騎士団に入団したファビアン、そしてウェストン騎士団に入団したパック、サザンイーストン騎士団に入団したラッセルという、三人の竜持ち魔法使いが連携してくれるのを望んでいた。

「カザフ王国との戦争では、サザンイーストン騎士団とウェストン騎士団の連携が上手く取れず、内陸まで侵略を許してしまった。竜持ちの魔法使いが三騎士団を繋ぐ役目をして欲しい。そして、その纏め役は上級魔法使いのフィンだ！」

アンドリュー王太子は、父王の望みに心の底から同意していたが、フィンに纏め役を押し付けるのは無駄ではないかとも感じていた。

「王宮魔法使いのラルフに纏め役を任せては如何(いかが)ですか？」

キャリガン王も内心では、落ち着かないフィンに纏め役は無理ではないかと思っているが、他人にそれを言われるとむきになる。

「やはりフィンに纏め役をして欲しい。上級魔法使いとしての自覚を持たすことにもなる」

「私だって、フィンが纏め役をした方が良いとは思います。でも、彼はサリヴァンに落ち着かないのでは？」

痛いところを突かれて、キャリガン王はグッと黙る。高等科で学生をしていた間も、ベンジャミン、メーガン、ザッカリー達と、カザフ王国の支配下から独立しようとする諸国の情勢を探るために飛び回っていたからだ。

アンドリューはポケットから灰青色の卵を取り出して、満足そうに撫でまわす。長年の夢がやっと叶い、ウィニーが卵を産んだのだ。暇さえあれば、手に取って魔力を注いでいるのだが、竜の卵がどうやって孵ったのか知っているキャリガン王には無駄な行動に思える。

苛立ちをぶつけるように、キャリガン王は息子に命令を出す。

「陸の防衛魔法、海の防衛魔法を掛けたフィンには、騎士団長達も一目置いている。ラルフでは抑えが利かない。今すぐ、フィンを呼んで来なさい！」

いつもは穏やかな父王に厳しい口調で命じられたアンドリュー王太子は、大切な卵をポケットにしまうと、ルーベンスの塔へ向かう。

「丁度良いや。フィンには魔力の注ぎ方が間違っていないか教えてもらおうと考えていたんだ！」

竜の卵に半年近くも魔力を注いでいたが、全く孵る気配がないので、アンドリューは不安になっていたのだ。

その頃フィンは、アンドリューにいつ、桜の花の妖精が竜の卵を孵すと教えるべきか悩んでいた。

「ウィニーが魔力を注いでも卵は孵ると思うんだけど、防衛魔法を維持するのを手伝ってもらっているし……」

どうしたら良いのか、教えてくださいと視線で懇願されてもルーベンスは無視する。

魔法学校を卒業し、上級魔法使いになったフィンは、もう弟子ではないのだから、自分で考えて行動するべきなのだ。だけどルーベンスは我慢強くない。

「なら、桜の花が咲いたら、カリン村に連れて行けば良いではないか？　どうせ、キャリガン王はアシュレイのことを知っているのだからな」

フィンの視線攻撃に負けて、ルーベンスはアドバイスする。

「そんなぁ！　キャリガン王は知らない振りをしてくれています。それは知らないも同然でしょ。でも、アンドリューは、きっとそんな高等手段を取れないと思うんです。絶対どこかで漏らしますよ……」

ルーベンスは、ツボに嵌って笑い出す。

このところ、体力が落ちて旅に出ることも少なくなったルーベンスにとって、フィンは笑わせてくれる同居人だ。卒業して寮を出たフィンは、ルーベンスの塔の三階を片付け、そこで暮らしている。

「お前にしては、哲学的なことを言う。存在していても、存在を認めなければ、存在しないのと同じという訳か？　これを解明できたら、哲学者になれるぞ」

「そんなことより、どうしたら良いのか教えてくださいよ」

ウィニーはフィンの足元に寝そべっていたが、自分が産んだ卵のことなので目を開ける。

『私からアンドリューに話すよ。そして、決して口にしてはいけないと釘を刺しておく。アンドリューは私の言うことなら守ってくれるから』

『ウィニー、そもそも卵を産んですぐにアンドリューに渡したのはどうして？　自分で温めて孵したかったんじゃないの？　……それにグラウニーはどう思っているのかな？』

ウィニーは、グラウニーと交尾飛行して卵を産んだのに、勝手にアンドリューにあげてしまったのだ。それが果たして良かったのか、フィンは悩んでいた。

『だって、アンドリューはずっと欲しがっていたから。あと、私が産んだ卵だから、グラウニーには関係ないよ。それに、卵が孵るならその方法は何だって良いんだ。今までやってきた方法なら確実でしょ？』

竜の考え方は合理的だとルーベンスは笑った。

『じゃあ、春になったらアンドリューをカリン村に連れて行こう！』

『子竜に会えるのは嬉しいよ。アンドリューならきっと世話をちゃんとしてくれるから安心だ』

答えが出たので、これで心おきなく北のサリン王国へ向かえる、とフィンはホッとする。またビビアン・ローズから手紙が届いたのだ。

「そろそろ行った方が良い。うるさい奴が来るぞ」

フィンも何となくキャリガン王から呼び出しが来そうだと察して、ウィニーをテラスに連れ出す。

「じゃあ、行ってきます！　師匠、お酒を飲み過ぎないでね！」

口うるさい元弟子に、ルーベンスはシッシッと追い払う仕草をする。

「ミランダ王妃によろしくな！　それと、チャールズ王の側近（そっきん）であるワイヤード伯爵には気をつけるのじゃぞ。ルード王子がモンデス王国からサリン王国に侵略しようとしているから、牽制のためだけに同盟を持ち掛けてくるかもしれん」

もう弟子ではないと口では言うけれど、フィンのことが心配でならないルーベンスだった。

「わかっています。今回はミランダ王妃が産んだミッチェル王女のお祝いに託（かこつ）けて、同盟の可能性を探るだけですから。モンデス王国の侵略の盾にだけ同盟を利用させたりはしません」

フィンは肩に掛けた袋をポンと叩く。その中には婚約者フローレンスがサリヴァンで買って来てくれた、レースのついた赤ちゃん服が入っている。

ウィニーに跨がると、北に向かって飛んでいった。

「どうやら無事に旅立てたようじゃの」

ルーベンスはテラスからウィニーの飛行を見送っていたが、そこへアンドリューが荒い息で階段を駆け上ってやって来た。

「フィン！」

フィンは、アンドリューが自分を呼んだのを感じたが、無視して北へと飛んでいく。

キャリガン王は、ウィニーが北に向かって飛び立ったのを王宮の窓から見て、今代の守護魔法使いも自由に行動するようだと溜め息をついた。

「フィンがウィニーと旅立ったわよ！」

女子寮でアイーシャが目敏く見つけて、フローレンスに教えてあげる。

「フィン、無事に帰ってきてね！」

愛しそうに見送るフローレンスを、アイーシャは笑って冷やかす。

「私達と一緒に、秋に結婚式を挙げたら良いのに」

真っ赤になったフローレンスだが、自治会の代表として、初雪祭が終わるまでは学校に残ると決めていた。

「こんな可愛い婚約者がいるんだから、フィンにもしっかりしてもらわないとね！」

北へ向かっていたフィンは、クシャミを二回連続でする。

『フィン、大丈夫？』

『誰か、俺の悪口を言っているのかな？』

ウィニーは、大丈夫そうだと笑ってスピードを上げた。

フィンは久し振りに会うミランダ姫とチャールズ王のことを一時忘れ、ウィニーと一緒に飛ぶ喜びで心を満たす。

『ウィニー、ずっと一緒に飛びたいな！』

『私も！』

魔法学校の落ちこぼれと呼ばれたフィンは、シラス王国の守護魔法使いとなり、オットー王の支配から独立しようとする諸国を陰から援助し、偉大な業績（ぎょうせき）を残すのだが、それはまた別のお話である。

完

あとがき

この度は、文庫版『魔法学校の落ちこぼれ6』をお手にとってくださり、ありがとうございます。著者の梨香です。

田舎の貧しい少年が魔法学校へ入学し、上級魔法使いの弟子となり、紆余曲折の末、祖国の危機を救う――そんな本作もようやく完結を迎えることができました。

真面目で少し頑固なフィンと、気儘でいい加減な師匠のルーベンスの掛け合いは執筆していて、とても楽しかったです。性格は水と油の二人ですが、今後もこの師弟コンビは仲良く賑やかな関係を続けていくのでしょう。

また、フィンに関わる重要な人物にはファビアンがいますが、書いているうちに私の一番のお気に入りになりました。初めは傲慢な領主の息子という位置づけだったものの、フィンを支える友人として存在感を増していくにつれて、私の中で愛着が深まっていきました。

フィンの学友といえば、我儘王子のアンドリューも忘れてはなりません。農民出身のフィンが王族や貴族達と上手く関係を築いていくためには、きっと、彼との学生生活が役に立つはずです。ただ、アンドリューの婚約者であるアイーシャも相当な我儘キャラなので、フィンは今後も彼らに振り回される苦労を味わう羽目になりそうです。

彼を取り巻くそのほかのキャラも全員好きです。フィンがまだ、本当の落ちこぼれ少年だった頃に、彼をいじめていた学友達も案外嫌いではありません。なぜなら、彼らも様々な生い立ちを歩んできているわけで、考え方がフィンと違っても当然だと思うからです。自分と異なる人間達と数多く接することで、フィンは大人になっていくのでしょう。

最終巻のあとがきということで、私の思い入れのあるキャラクターについて、ざっと語ってきてしまいましたが、悪役であるゲーリックについても少し触れておきたいと思います。

私は物語を書く時、主人公の敵役にはいつも頭を悩ませます。あまりに小物だと主人公の活躍が際立たないので、悪役にも悪役なりの魅力や犯行動機が必要だと考えるからです。

彼の場合は、もともと地位が低かったものの、フレデリック王に見出されて手に入れた巨大な権力の座を死守するために禁じられた呪に手を染める、という役どころにしました。

冷酷な男ですが、フィンとの決着がついた際、フィンが涙を流してしまうのは、そんな憐れなゲーリックのことを、心の底からは憎めなかったからに違いありません。

長い物語を最後まで読んでくださり、心より感謝いたします。シラス王国の空の上をウィニーに乗って飛び回るフィンと仲間達の姿を想像しつつ、ここで筆を置くことといたします。

二〇二〇年十月　梨香

大好評発売中！

累計500万部突破！

ゲート SEASON1

大好評発売中！

単行本

●本編1～5／外伝1～4／外伝＋
●各定価：本体1700円＋税

文庫

●本編1～5〈各上・下〉／
外伝1～4〈各上・下〉／外伝＋〈上・下〉
●各定価：本体600円＋税

漫画

●1～17（以下、続刊）
●各定価：本体700円＋税

スピンオフコミックスもチェック!!

ゲート featuring The Starry Heavens
原作：柳内たくみ
漫画：阿倍野ちゃこ
1～2

ゲート 帝国の薔薇騎士団 ピニャ・コ・ラーダ14歳
原作：柳内たくみ
漫画：志連ユキ枝
1～2

めい☆コン
原案：柳内たくみ
漫画：智

●各定価：本体680円＋税

GATE SEASON 2

1〜4

柳内たくみ 著
Yanai Takumi

単行本
最新5巻
2020年11月下旬
刊行予定!
&
1巻「抜錨編」
待望の文庫化
上下巻分冊で
2020年11月下旬
刊行予定!

1〜4巻 好評発売中!

●各定価：本体1700円+税 ●Illustration：Daisuke Izuka

ネットで人気爆発作品が続々文庫化！

アルファライト文庫 大好評発売中!!

転移した異世界は魔獣だらけ!?
もう、モフるしかない。

もふもふと異世界でスローライフを目指します！1

カナデ *Kanade*　　illustration YahaKo

エルフの爺さんに拾われて もふもふたちと森暮らしスタート!

日比野有仁は、ある日の会社帰り、異世界の森に転移してしまった。エルフのオースト爺に助けられた彼はアリトと名乗り、オースト爺の家にいるもふもふ魔獣たちとともに森暮らしを開始する。オースト爺によれば、アリトのように別世界からやってきた者は『落ち人』と呼ばれ、普通とは異なる性質を持っているというが……。従魔に癒される異世界ゆったりファンタジー、待望の文庫化!

文庫判　定価：本体610円＋税　ISBN：978-4-434-28116-7

ネットで人気爆発作品が続々文庫化!

アルファライト文庫 大好評発売中!!

アラフォーおっさん、ボスモンスターをワンパン撃破!?

超越者となったおっさんはマイペースに異世界を散策する 1~2

神尾 優 *Yu Kamio*　　illustration ユウナラ

召喚されてボスモンスターを瞬殺するも、激レア最強スキルが制御不能……!?

若者限定の筈の勇者召喚になぜか選ばれた、冴えないサラリーマン山田博(42歳)。神様に三つの加護を与えられて異世界に召喚され、その約五分後――彼は謎の巨大生物の腹の中にいた。いきなりのピンチに焦りまくるも、貰ったばかりの最強スキルを駆使して大脱出! 命からがらその場を切り抜けた博だったが――。不器用サラリーマンの異世界のんびりファンタジー、待望の文庫化!

文庫判　各定価:本体610円+税

アルファライト文庫

この作品に対する皆様のご意見・ご感想をお待ちしております。

おハガキ・お手紙は以下の宛先にお送りください。

【宛先】

〒150-6008 東京都渋谷区恵比寿 4-20-3 恵比寿ｶﾞｰﾃﾞﾝﾌﾟﾚｲｽﾀﾜｰ 8F
（株）アルファポリス　書籍感想係

メールフォームでのご意見・ご感想は右のＱＲコードから、
あるいは以下のワードで検索をかけてください。

ご感想はこちらから

本書は、2018年10月当社より単行本として
刊行されたものを文庫化したものです。

魔法学校の落ちこぼれ 6

梨香（りか）

2020年 11月 30日初版発行

文庫編集－中野大樹／篠木歩
編集長－太田鉄平
発行者－梶本雄介
発行所－株式会社アルファポリス
〒150-6008東京都渋谷区恵比寿4-20-3恵比寿ガーデンプレイスタワー8F
TEL 03-6277-1601（営業） 03-6277-1602（編集）
URL https://www.alphapolis.co.jp/
発売元－株式会社星雲社（共同出版社・流通責任出版社）
〒112-0005東京都文京区水道1-3-30
TEL 03-3868-3275
装丁・本文イラスト－たく
文庫デザイン—AFTERGLOW
（レーベルフォーマットデザイン－ansyyqdesign）
印刷－株式会社暁印刷

価格はカバーに表示されてあります。

落丁乱丁の場合はアルファポリスまでご連絡ください。

送料は小社負担でお取り替えします。


ISBN978-4-434-28117-4 C0193